Die leere Hülle eines Menschen

AF215127

Sara Say

Für alle die sich alleine fühlen

Sara Say

Sara Say

Die leere Hülle eines Menschen

Mein Weg aus der Dunkelheit

Sara Say

Sara Say
Die leere Hülle eines Menschen
Mein Weg aus der Depression
1.Auflage
sarasay.official@hotmail.com
Wohnsitz Schweiz
www.facebook.com/sarasay.official
www.instagram.com/sarasay.official

ISBN 978-3-746-03646-5

Herstellung undVerlag:
BoD - Books on Demand
In de Tarpen 42
22848 Norderstedt
Deutschland

Sara Say

Prolog

Dass ich einmal über meinen Schatten springen würde wusste ich zu dieser Zeit noch nicht.

Mein ganzes Leben bisher konnte ich den Mut nicht finden und das aussprechen was mich wirklich belastet. Für das war ich viel zu verschlossen in den letzten Jahren.

In diesem Buch möchte ich meine Geschichte, mein Weg zeigen und wie man alles schaffen kann was man sich vornimmt.

Dieses Buch wird alle interessieren, die eine verletzte Seele haben und noch nie sich selbst waren und auf dem Weg sind dies herauszufinden.

Sara Say

Vor 3 Jahren..

Fast wie jeden Morgen stehe ich vor dem Spiegel, wie ich ihn verabscheue.

Ich kann meinen Anblick einfach nicht mehr ertragen.

Ein Blick hinein reicht um meine Laune wieder in den Keller zu jagen.

Was ist nur aus mir geworden? Als ich wie gebannt hinein blicke bemerke ich wie fertig ich eigentlich aussehe. Die tiefen schwarzen Augenringe sieht man auch durch 3 Schichten Concealer hindurch. Meine Haut wirkt glanzlos, sie strahlt schon lange nicht mehr. Meine blonden Haare sind struppig und hängen nur kraftlos an mir herunter. Ich bin Kimberly bin 18 Jahre alt und sehe aus wie Mitte 20. Geprägt von der Trauer. Wie konnte er das nur machen? Dieser Gedanke sitzt schon so lange in meinem Kopf fest, dass es gar nicht mehr weh tut. Ich blicke immer noch wie gebannt in den Spiegel und spüre wie sich Tränen in meinen Wasserlinien bilden. Leise seufze ich und probiere die Tränen zu unterdrücken, was natürlich nicht funktioniert. Manchmal denke ich, dass mein Erscheinungsbild nur noch eine leere Hülle meines Körpers ist der wie gewohnt funktioniert.

Sara Say

Ein tiefer Stich in der Gegend des Herzens lässt mich zusammenfahren, meine Knie werden ganz weich und ich muss mich auf den Badewannenrand setzten um nicht zusammenzubrechen. Als sich mein Puls wieder beruhigt hat geht es mir noch schlechter als vorher, gleich kann ich die Tränen nicht mehr zurückhalten. Immer wenn ich traurig bin stelle ich mir vor wie ich weit weggehe, tief in die Wildnis, dort wo es keine Menschen gibt, nur mich und die Weite. So gut wie möglich muss ich mir das jetzt vorstellen um nicht weinen zu müssen. Als ich es wieder einmal erfolgreich geschafft habe die Tränen zurück zu halten höre ich Schritte vor der Badezimmertür. „SCHATZ WAS IST LOS? Können wir gehen?" Ich bemüh mich etwas zu erwidern doch mein Mund ist ganz trocken. „Ich komme gleich" erwidere ich und stehe endlich von dem Badewannenrand auf um meine Schminke zu erneuern und meine Haare zu einem Pferdeschwanz zu binden.

Ich atme noch einmal kurz durch bevor ich mit zitternden Händen die Badezimmertür öffne.

Da steht er mein Held. Mein Kai. Ich kann es nicht glauben, dass er schon so lange mit mir zusammen ist und es immer wieder erreicht das ich lächeln muss, wenn ich ihn sehe. 3 Jahre sind wir nun zusammen. Der absolute Wahnsinn. Er ist gleich groß wie ich was mich aber nicht im Geringsten stört, denn High Heels trage ich sowieso nicht. Er hat dunkelbraunes rötliches kräftiges volles Haar, was ihn manchmal zum ausrasten bringt. Seine Augen sind haselnussbraun und voller Leidenschaft und Liebe. Er hat kräftige Arme und ein Bierbäuchlein, was mich aber nicht stört. Er ist 5 Jahre älter als ich. Grins. In diesem Moment lächelt er mich an, kommt auf mich zu drückt mich an sich und flüstert mir mit seiner rauen Stimme ins Ohr „Du Süße hübsche Maus" ich muss grinsen und wie jedes Mal überkommt mich ein Schauer, so dass mir die kleinen Haare auf den Armen zu Berge stehen. „Lass uns fahren, wir sind schon spät dran". Ich drehe mich von ihm weg und greife nach meiner Tasche, so dass wir endlich losgehen können. „Ich freue mich auf deine Eltern" sage ich lächelnd. Als wir ins Auto steigen und er wie jedes Mal die Musik voll aufdreht und mit einer Leidenschaft mitsingt kann ich nicht anders als ihn die ganze Zeit über an zu starren und mit ihm glücklich zu sein. Er kann mich jedoch nicht dazu ermutigen mit ihm mitzusingen, heute nicht, nicht wenn mir dieser Gedanke mein ganzes Gehirn auseinandernimmt.

Das Gefühl nicht richtig zu sein überkommt mich als das Lied Heaven von Gotthard im

Radio ertönt. Zu traurig sind die Erinnerungen daran.

In Gedanken versunken blicke ich aus den Fenster. Es ist schon seltsam was mit mir passiert, was in mir vorgeht, eigentlich hatte ich es ja gar nicht so schlecht. Es gibt bestimmt Menschen denen es deutlich schlechter geht als mir. Ja so bin ich, immer alles herunterspielen und nicht zu den Gefühlen stehen die ich wirklich habe.

„Alles okay bei dir?" seine Stimme reißt mich aus den Gedanken und ich erwidere nur ein leises „Ja". Ich kann ihn nicht schon wieder mit meinen negativen Gedanken belasten und ihm diesen schönen Sommertag vermiesen. Es geht nicht. Heute ist wirklich ein viel zu schöner Tag um ihn an negative Gedanken zu verschwenden. Draußen ist es 24 Grad warm und die Sonne scheint. Die meisten Menschen die wir beim vorbei fahren sehen haben luftige Kleidung an und wirken glücklich. Ich habe mir heute wieder einmal lange Jeans angezogen, weil ich finde meine Figur passt nicht in ein Kleid geschweige denn in kurze Hosen. Wir fahren an den engen Blocks und den schönen Botschaften von Bern vorbei Richtung Land. Als wir nach ein paar Minuten Fahrzeit die Stadt verlassen und so langsam die ersten Felder vor uns erscheinen öffnet sich mein Herz ein wenig. Ich liebe diese Strecke. Es schreit nach einer sorgenfreien Zeit. Die Wiesen sind saftig grün und überall blühen die Blumen. Ich öffne das Fenster und schon habe ich den Geruch von frisch gemähten Rasen in der Nase. Ich hole tief Luft und atme tief ein und aus, lehne mich zurück in den Autositz und genieße diesen Moment. Kai nimmt sich in diesem Moment meine Hand und drückt sie fest. Jetzt genau in dieser Sekunde ist der Moment perfekt. Um glücklich zu sein brauche ich nur ihn. Ich drehe meinen Kopf wieder zur Seite, schließe die Augen und gebe den negativen Gedanken wieder Raum um in meinem Kopf wirken zu können. Diese Gedanken drehen sich so schnell das ich nicht wiederstehen kann und mich ihnen hingebe. Mein Vater, meine Mutter sind enttäuscht von mir. Ich kann es leider nicht ändern. So viel habe ich schon probiert um ihnen, dass zu geben damit sie stolz auf mich sind. Jedoch war das bis jetzt erfolglos. Was muss ich machen um ihnen zu gefallen, so dass sie mich lieb haben genauso wie meine Schwester. Ich komme mir manchmal so vor wie Cinderella. Nur hier um geduldet zu werden. Weit weg höre ich ganz dumpf die Melodie von dem Sommerhit des Jahres.

I'm covering my ears like a kid
When your words mean nothing, I go la la la
I'm turning up the volume when you speak

Sara Say

«Komm schon Kimberly sing mit mir» grinsend schaut mich Kai von der Seite an und stuppst mich mit seinem rechten Ellbogen auffordernd an. «Ne, lass mal, ich höre dir viel lieber zu» entgegne ich nur.

Die Gedanken verschwinden als wir dem hübschen Haus immer näherkommen. Ich fühle mich zu Hause. Die ganze Woche habe ich mich bereits auf diesen Moment gefreut, sie endlich wieder zu sehen. Kais Eltern leben in einem kleinen Dorf außerhalb von Bern. Dort interessiert es keinen was man als Kind alles falsch gemacht hat. Dort sind alle für jeden da und helfen. Das Haus hat eine gelbe Fassade wie die Sonne. Um das Haus herum haben sie einen hübschen gepflegten Garten mit vielen Blumen. Indem man sich im Sommer gut sonnen kann. Sie haben auch ein paar Bäume, die Trauerweide zieht mich immer magisch an. Ich liebe es, wenn die Äste mit dem Wind mitschwingen und man das Rauschen der kleinen Blätter hört. Manchmal lege ich mich unter die Trauerweide, starre in den Himmel und wünsche mir, dass die Welt stillsteht. Als wir den Hang hinauf fahren sehe ich sie bereits winkend am Fenster. Mein Herz geht auf.

Ich schnalle mich ab und blicke zu Kai, der sich genauso wie ich darüber freut wieder hier zu sein. Sie haben uns zum Grillen

Sara Say

eingeladen. Als wir aussteigen und langsam zum Haus hinab gehen kommt uns Kais Vater strahlend und winkend entgegen. „Na habt ihr Hunger?" „Oh ja und wie" entgegnen Kai und ich wie aus einer Pistole geschossen. Er strahlt immer noch und drückt uns an sich. Als wir alle am Küchentisch sitzen vor uns das leckere Essen, es ist wie immer viel zu viel und ich weiß Kais Mutter Elsa stand wieder 3 Stunden in der Küche, reden wir über all die Dinge die gerade aktuell sind. Kais Vater Viktor erklärt uns gerade was er alles renoviert hat am Haus und das wir es uns nach dem Essen ansehen müssen, als mich Elsa ansieht und fragt „Wie geht es dir? Hast du mit ihm gesprochen?" wird mein Mund schon wieder ganz trocken. „Ja alles in Ordnung und ja ich habe mit meinem Vater gesprochen". Sie nickt nur kurz und wechselt das Thema. Ich denke sie weiß, dass es mir nicht wirklich gut geht, will mich aber auch nicht drängen zu reden was ich sehr schätze an ihr. Wir genießen den Nachmittag mit Kais Eltern noch im Garten. Spielen Uno unter der Trauerweide und trinken Kaffee. Als es dunkel wird machen wir uns auf den Nachhauseweg.

13 Jahre früher...

Meine Kindheit schien von aussen aus perfekt "Bilderbuch" mässig.

Aber eigentlich war es alles andere nur nicht wie in den "Bilderbuchfamilien". Kurz zu meinem Vater, er ist ein Mann der gern Recht hat und das alle seine Meinung unterstützen. Er zeigt wo es lang geht und bestimmt. Die Erziehungsmassnahmen waren manchmal nicht gerade förderlich.

Aber fast jedes Mal, wenn ich mich nicht gerade perfekt aufgeführt habe, habe ich eine hinter die Ohren bekommen. Aber was ist schon perfekt? Als Kind versteht man das nicht und man gehorcht. Damit man wieder die liebe, brave Tochter ist. Dass das Erscheinungsbild einer "Bilderbuchfamilie" bestehen bleibt. Ich war ein sehr lebhaftes und fröhliches Kind. Eines Tages beim Mittagessen habe ich meine Beine unter dem Tisch geschwungen aber nicht so, dass es jemanden gestört hätte und dann sagte er: „Kimberly sei jetzt ruhig ich zähle bis auf drei, wenn du damit nicht aufhörst binde ich dir deine Beine an dem Stuhl fest". Ich dachte nicht viel darüber nach und machte weiter. Mein Vater würde das nicht machen dachte ich mir. Da hatte ich falsch gedacht. Er stand auf holte etwas Klebeband und band mir ruck zuck die Beine an den Stuhl fest. Soweit ich weiss war es dieser Augenblick der dazu führte, dass ich Respekt vor ihm bekam. Ich hätte ihm nie so etwas zu getraut. Von da an sah ich ihn mit anderen Augen. Als ich fünf alt war kam meine Schwester zur Welt. Ich hatte sie ab dem ersten Augenblick in mein Herz geschlossen obwohl ich mir eigentlich immer einen Bruder gewünscht hatte. Sie war so ganz anders als ich aber ich liebte sie ab dem ersten Tag abgöttisch und später schwur ich mir immer da zu sein für sie. Braune krause Haare hatte sie und eine niedliche Stubsnase. Auch sie war ein sehr aufgestelltes und pfiffiges Mädchen. Nach und nach ging unsere Mutter wieder arbeiten, nicht viel aber trotzdem genug. Unsere Mutter hatte keine Zeit um sich weiterzubilden. Ich denke sie bereut es heute. Sie hatte eine Lehre als Dentalassistentin abgeschlossen.

Ich denke aber, dass sie gerne noch weitergemacht hätte. Dadurch das unsere Eltern arbeiten waren kam immer Nana zu uns. Wer Nana ist? Sie ist eine der wichtigsten Menschen die ich habe. Sie ist die Mutter meiner Mutter und ich habe ihr diesen Spitznamen gegeben als ich klein war. Seitdem wird sie von der ganzen Familie so genannt. Auch unseren Grossvater nannten wir nie „Opa" oder „Grossvater", sondern

Nonno. Dieser Name passt doch viel besser zu Nana und ausserdem heisst das auf Italienisch ja Grossvater. Die zwei Personen waren und sind eine der grössten Stützpunkte in meinem Leben. Ohne die beiden wäre alles anders verlaufen und ich denke sicher nicht im positiven. Nana kommt aus Italien. Sie hatte es als Kind auch nicht leicht den sie kam glaube ich mit 7 Jahren in die Schweiz ganz alleine zu einer Pflegefamilie. Daher denke ich, dass sie sich so um uns gekümmert hat, weil sie wollte, dass es uns gut geht.

Manchmal denke ich auch das ich vieles nicht gemacht hätte, wenn die Beiden nicht gewesen wären.

Nonno ist ein sehr kluger alter Mann bei dem man auch immer über alles sprechen kann. Besonders über das Wetter.

Ich würde die Beiden nie im Leben im Stich lassen.

Nach der Geburt meiner kleinen Schwester wurde die Situation Zuhause seltsam. Meine Mutter lachte nur noch selten und wenn sie lachte war es aufgesetzt. Mein Vater kam von Tag zu Tag später nach Hause und sprach nur noch das nötigste mit meiner Mutter. Ich glaube heute zu wissen, dass damals als es anfing sie sich noch nicht eingestehen konnten, dass ihre Ehe zu Ende ging.

Sara Say

Meine Schwester war noch viel zu klein um das zu realisieren doch ich war mittendrin. Es wurde immer schlimmer. Mit der Zeit bekam ich all den Frust ab, der sich bei ihnen angesammelt hatte.

Immer schneller wurde ich in mein Zimmer geschickt und angebrüllt. Obwohl ich nichts gemacht hatte. Diese Situation ging 2 Jahre so weiter. Ich weiss noch eines Morgens bin ich wach geworden, weil der Fernseher lief. Ich tapste also in meinem pinken Schlafanzug auf Zehenspitzen nach vorne, Richtung Wohnzimmer. Ihr müsst wissen am Wochenende durften wir unsere Eltern nie stören, weil sie ausschlafen wollten. Wir mussten in unseren Zimmern bleiben. Es brauchte eine Menge Überwindung um die Ecke zu gehen und in das Wohnzimmer zu blicken. Mein Vater sass da in eine Bettdecke gekuschelt und schaute mit starrem Blick in den Fernseher. Als er mich erblickte sagte er „Komm Kleine setz dich zu mir". Ich hatte eigentlich eine andere Reaktion erwartet. „Was machst du um diese Zeit hier vorne ganz alleine?" fragte ich ihn kleinlaut. Er erwiderte nichts, wie immer. Meine Eltern sprachen nie über ihre Probleme geschweige denn was ihnen nicht passte. Sie konnten es uns nicht erklären was gerade passiert. Man sollte immer ehrlich sein. Mein Vater hatte damals auf der Coach geschlafen wie ich heute weiss.

Eines Morgens wurde ich von einem Streit geweckt. Ich hatte ein komisches Gefühl und grosse Angst. Zoey weinte in ihrem Zimmer und so ging ich zu ihr wie in vielen Situationen und drückte sie an mich. Sie verstummte und schaute mich mit ihren grossen Kulleraugen an. Wir gingen nach vorne, mit jedem Schritt Richtung Küche wurde es lauter. „Du Idiot wie kannst du nur, ich hasse dich", schrie meine Mutter. „Du blöde fette Sau sei endlich still" erwiderte er. Sie hatten uns noch nicht bemerk und schrien sich weiter an. Zoey wollte gerade wieder anfangen zu weinen, ich hielt ihr den Mund vorsichtig zu und setzte sie auf dem Küchenboden ab. „Was soll das hier, spinnt ihr jetzt komplett?" schrie ich nun. Es wurde still und meine Eltern drehten sich langsam zu mir um.

Ich wusste für das würde ich garantiert eine auf die Wange bekommen. Aber das war mir in diesem Moment egal. Mein Vater kam auf mich zu, nahm mich an den Ohren und schleifte mich ins Wohnzimmer. Er sah mich drohend an „Sag mal geht's noch du solltest Zoey nicht aufwecken". Ich konnte nichts erwidern und so schleifte mein Vater mich an den Ohren packend in mein Zimmer.

Sara Say

„Ausserdem habt ihr nichts in der Küche bei einem solchen Gespräch zu suchen. Das ist ein Gespräch für Erwachsene". Ich konnte ihm nicht in die Augen sehen und erwiderte schüchtern „Zoey hat geweint und ihr habt euch angeschrien, Mama mich vor einigen Minuten zum Frühstück gerufen». Meine Wangen wurden rot und am liebsten hätte ich laut um mich geschrien. Unser Vater drehte sich um und ging aus dem Zimmer. Ich weiss nicht mehr wie lange ich dort stand und mich nicht vom Fleck bewegte. Nach einer Weile kam unsere Mutter zu mir und bat mich zum Frühstück. So still wie an diesem Morgen war es bei dem Frühstück noch nie. Man konnte sogar die Kinder draussen spielen hören. Mama musste sich richtig zusammenreissen um nicht in Tränen auszubrechen. Als mein Vater etwas sagte, konnte sie nicht mehr und schmiss ihr Brötchen mit Butter und Honig an seinen Kopf, stand auf und ging fluchend ins Bad. Wir sassen alle da und verstanden die Welt nicht mehr. Ich musste mir am Anfang richtig das Lachen verkneifen. Ich dachte das war ein Scherz wie die Clowns im Zirkus.

Unser Vater fand es aber gar nicht lustig und als dann noch Zoey anfing zu weinen konnte auch er nicht mehr ruhig bleiben. Ich stand auf und ging Richtung Bad. Ich hörte meine Mutter weinen, ich zögerte kurz bevor ich an die Badezimmertür klopfte um nach ihr zu sehen. »Mama« sagte ich ganz leise. Sie öffnete die Tür. Mama sass wie ein Häufchen Elend auf dem Badewannenrand und hatte richtig verheulte Augen. „Was hast du Mama? Kann ich dir helfen?" fragte ich sie. „Ach, mir geht es gut. Geh du wieder nach vorne ich komme auch gleich nach". Sie konnte nicht ehrlich sein und es brach mir das Herz sie so zu sehen.

In diesen 2 Jahren gab es viele solche Situationen.

Sie liebten sich nicht mehr und es wurde wirklich von Tag zu Tag schlimmer. Es gab auch Phasen an denen man nichts davon merkte und sie versuchten alles zu vertuschen.

Eines Abends kam mein Vater zu mir ins Zimmer und ich überlegte bereits was ich schon wieder falsch gemacht hatte. Er setzte sich auf den Bettrand und sah mich an. Gefühlte Stunden sass er nur da und sah mich an. Als ich ihn gerade fragen wollte was los ist, fing er an mit mir zu sprechen.

„Kimberly, du musst jetzt stark sein "brachte er nur knapp hervor. „Was soll das heissen?" fragte ich Ihn.

„Deine Mutter will, dass ich ausziehe".

Sara Say

Ich wusste nicht mehr wie mir geschah, ich fühlte gar nichts mehr. Mein Mund wurde ganz trocken und ich rang nach Luft. „Wie? Was? und Warum?" fragte ich Ihn. „Das erklärt dir bestimmt die Mama in aller Ruhe".

Er verliess das Zimmer und ich war alleine. Nach gefühlten drei Stunden wagte ich mich in Richtung Türe zu gehen. Ich stürmte nach vorne und schrie „Mama was hast du mit Papa gemacht ?!". Sie stand in der Küche und drehte sich langsam um. Sie sah sehr mitgenommen aus konnte aber nichts sagen.

" Was ist passiert?" schrie ich und rannte auf sie zu und packte sie an den Armen. „Lass mich gefälligst los, spinnst du eigentlich?". Schockiert trat ich einen Schritt zurück und schaute Sie nur an. „Ich gehe heute Abend fort, Nana und Nonno kommen und essen mit euch".

Kein Wort über den Auszug kamen ihr über die Lippen. Nichts sagte sie dazu.

Am Abend ging sie tatsächlich weg und Nana und Nonno kamen zu uns.

Nach dem Abendessen spielten wir Monopoly jedoch war die Stimmung nicht wie sonst. Nana war sehr still, ich denke sie wusste nicht wie sie mit uns umzugehen hatte in dieser Situation.

Sara Say

Wie immer lagen Zoey und ich im Bett nebeneinander gekuschelt und sie lass uns ein Märchen vor. Das machten wir immer, wenn sie bei uns war. Unser Lieblingsmärchen war Frau Holle.

Ich konnte jedoch nicht wirklich zu hören, denn meine Gedanken schweiften immer wieder ab und ich fragte mich ob die Märchen nicht doch real sein könnten. Wie gerne wäre ich einfach eine Prinzessin in einem Schloss weit weg. In einer normalen Umgebung ohne Streit, ohne diese ganzen bösen Worte.

Als Zoey schon lange schlief lag ich immer noch wach. Ich konnte einfach nicht einschlafen. Ich hatte immer noch die Bilder der vergangenen Tage im Kopf die sich wie ein Film auf Replay immer und immer wieder abspielten. Ich stand auf und ging leise nach vorne. Nana sass auf der Coach mit einem Buch in der Hand. Als sie mich sah, sah sie auf und lächelte mich an. „Kannst du nicht einschlafen? komm und setz dich zu mir". Ich kuschelte mich an sie und gleich darauf überkam mich das Gefühl von Geborgenheit und so konnte ich dann endlich einschlafen.

In der Schule wussten es alle, dass sich meine Eltern trennten. Ich konnte trotzdem mit niemandem darüber reden, weil ich die einzige war mit scheidungsfreudigen Eltern.

Sara Say

Die Zeit verging wie im Fluge. Es wurde langsam Frühling. Die Welt gab all die Farben wieder die sie uns Ende Herbst genommen hatte. Die Luft wurde wärmer, überall fingen die Blumen an zu blühen und der Rasen wurde von Tag zu Tag grüner.

An einem Sonntagmorgen sassen Mama, Papa, Zoey und ich an dem Frühstückstisch. Bis auf das kichern von Zoey war es still am Tisch. Niemand sagte etwas. Mama brach die Stille und sagte: „Kinder ihr müsst jetzt stark sein, ihr habt bestimmt schon mitbekommen das es bei uns nicht mehr wirklich schön harmoniert und deshalb zieht euer Vater aus. Wir sind nicht mehr zusammen." Zoey verstand das nicht, sie war noch zu klein um ein Gespräch zu verstehen und ich sass da und wusste nicht was ich sagen sollte.

„In einem Monat ist es soweit" ergänzte sie. Beide schauten mich an mit der Erwartung, dass ich wie ein erwachsener Mensch das verstehen könnte und einen vernünftigen Satz erwidern konnte. In meinem Hals bildete sich ein Knoten und ich musste mich echt zusammenreissen, dass ich nicht in Tränen ausbrach.

„Können wir aufstehen? Zoey und ich wollen raus an die frische Luft".

Sie erwiderten nichts. „Komm" sagte ich zu Zoey und packte sie an den Armen.

Nach diesem Monat, der mir übrigens wie eine halbe Ewigkeit vorkam war es dann soweit. Als ich von der Schule heimkam stand unser Auto vor dem Hauseingang und ganz viele Kartons waren draussen aufgebaut.

Papa sass auf der Mauer und rauchte seine Zigarette. Ich stürmte zu ihm und schloss ihn in die Arme. „Papa du darfst nicht gehen". „Ich muss Kleine du kannst mir ja helfen die Kartons ins Auto zu bringen". „Muss, dass sein? ich habe keine Lust!". Er schaute mich drohend an und sagte in diesem bestimmten Ton (den ich hasse) „Los jetzt hilf mir, ich will hier fertig werden".

Ich nahm einen Karton und trug ihn zurück in die Wohnung. Er rannte hinter mir her, packte mich an den Armen und schrie mich an.

Die Situation war einfach nur verzwickt, ich wollte nicht, dass er auszieht.

Aber ich hatte ja keine Chance gegen ihn. Er war mir körperlich überlegen. Ich hatte keine Lust ihm zu helfen den mit jedem Karton den er in seinem Auto verstaute wurde es realer.

Als er fertig war kam er zu mir und sagte: „Kimberly wir werden uns am Freitagabend sehen und dann jedes zweite Wochenende, hab dich lieb und jetzt geh hinein und hilf Zoey das Zimmer aufzuräumen.

Als Kind versteht man das nicht wenn der Vater plötzlich auszieht. Man denkt, dass er wieder zurückkommt und dass alles ein übler Scherz ist.

Papa blieb extra im Dorf, damit wir schnell bei ihm sind und wie ich heute weiss, weil er noch Gefühle für Mama hatte. Das Dorf ist so ein richtiger Klatsch und Tratsch Treffpunkt und jeder weiss alles von einem. Und so machte es schnell die Runde, dass meine Eltern nicht mehr zusammen waren. Jeder sprach mich auf das Thema an, ich hasste es. Ich wollte es so schnell wie möglich vergessen. In dieser Zeit war ich für meine Schwester da denn sie vermisste Papa sehr und zeige es auch, nicht so wie ich. Ich schluckte alle meine Gefühle herunter. In dieser Zeit waren unsere Grosseltern in jeder Situation für uns da und gaben sich viel Mühe die Familie aufrecht zu halten und uns den Alltag zu erleichtern.

Mama hatte sehr viel zu tun und ich kann es heute verstehen, dass sie damals nicht die Zeit hatte das Gespräch mit mir zu suchen. Sie wollte so schnell wie möglich einen geregelten Alltag für uns erschaffen. Wie abgemacht sahen wir unseren Vater jedes zweite Wochenende. Als wir das erste Mal bei ihm waren war es sehr komisch. Er hatte sich eine 3.5 Zimmer Wohnung mit Gartensitzplatz gemietet. Die Wohnung war eigentlich ganz hübsch und gemütlich. Wir hatten ein eigenes Zimmer, dass wir so einrichten konnten wie wir wollten. Er hatte sich sehr viel Mühe gegeben. Er war ausgezogen aber die Streitigkeiten hörten nicht auf. Denn meine Mutter wollte ihren Freiraum/ Freizeit. Und es gab sogar einen Kalender in dem alle Datums und Daten erfasst waren. Manchmal reichten ihr zwei Wochenenden nicht und dann mussten wir zu unseren Grosseltern. Wir waren gern dort und mir war es damals auch egal wo wir waren. Ich hatte mich an die Situation gewöhnt abgeschoben zu werden nur damit sie glücklich ist und am Sonntagabend gute Laune hatte. Unser Vater war genauso. Hauptsache Freizeit.

Wie abgemacht sahen wir unseren Vater jedes zweite Wochenende von Freitagabend bis Sonntagabend. Die Situation war am Anfang sehr seltsam zwei Zuhause zu haben. Irgendwann war es aber dann „normal" und ich freute mich meinen Vater zu sehen. Heute muss ich mir jedoch eingestehen, dass es nicht einfach war in dieser Hinsicht stark zu sein aber ich musste es, für meine Schwester und meine Eltern. Schliesslich hatten sie schon genug Sorgen da musste ich ihnen nicht auch noch Sorgen bereiten. Unser Vater nahm in dieser Zeit sehr viel Gewicht ab und ich fragte mich wieso. Ich dachte mir vielleicht dass er nicht genug isst oder nicht weiss wie man kocht. Heute weiss ich das der Stress und die Sorgen die er hatte dies auslöste. Jedes Mal, wenn wir wieder bei ihm waren wirkte er magerer. Ich hatte jedoch nicht den Mut ihn zu fragen wieso er so viel abgenommen hatte und ob es ihm gut geht. Denn auf so Fragen reagierte er meistens sehr komisch. Ich bekam nie wirklich die Antwort die ich hören wollte. Er gab sich aber wirklich sehr viel Mühe alles geregelt zu bekommen, mit der Zeit hatte ich sogar bei ihm ein Velo und andere tolle Sachen. Meistens machten wir am Wochenende immer das Gleiche. Freitagabend war Fernsehabend, Samstag war Einkaufstag und Sonntag blieben wir meistens Zuhause. In unserem Richtigen Zuhause also bei unserer Mutter war es sehr seltsam. Sie versuchte alles so zu machen wie es vorher war. Unsere Grosseltern waren immer da, wenn meine Mutter arbeiten war oder in den Ausgang ging. Nana fragte mich immer wieder ob es mir gut geht und was in mir vorgehe. Ich konnte nicht darüber sprechen ich musste STARK sein! So wurde ich erzogen.

Sara Say

Unsere Eltern konnten sich nie richtig unterhalten auch nicht übers Telefon. Eine Zeit lang hatten sie nur über E-Mails Kontakt. Man muss sich das vorstellen zwei Menschen die sich einmal geliebt hatten und gemeinsame Kinder haben können sich nur per E-Mail unterhalten. Ich finde das ziemlich tragisch. Auf eine Art und Weise verstehe ich ja, dass wenn man sich einmal geliebt hat und dann getrennte Wege geht, dass man Abstand braucht aber ich finde, wenn man eine solche Verantwortung wie Kinder hat, dann sollte man sich zusammenreissen. Nach einer Zeit konnten sie sich überwinden über das Telefon Kontakt zu haben aber das war ein Desaster schlecht hin. Jedes Mal, wenn sie telefonierten gab es Streit und ein Gebrüll.

Als wir uns alle an die ganze Situation von der Trennung und all dem Scheiss gewöhnt hatten fingen sie an den anderen Elternteil vor uns schlecht zu machen. Sie erzählten uns viel zu viel von all dem Kummer den sie hatten. Unsere Mutter erzählte Dinge über unseren Vater, dass wollt ihr gar nicht wissen. Heute weiss ich das, dass meiste was sie erzählte tatsächlich stimmte.

Ich wusste nicht wie ich damit umzugehen hatte und hörte ihr einfach zu. Mit der Zeit fing ich an ihr alles zu glauben und mein Hass gegenüber meinem Vater steigerte sich immer mehr und ich fing an meinen Vater mit anderen Augen zu sehen. Denn schliesslich musste ja jemand an der Trennung schuld sein. Zu diesem Zeitpunkt wusste ich noch nicht wer schuld war jedoch ist es irrsinnig denn, wenn es zwischen zwei Menschen nicht mehr harmoniert und die Liebe weg ist, bringt es auch nichts mehr zusammen zu sein. Egal ob man Kinder hat oder nicht. Nach einer Zeit fing dann auch unser Vater an unsere Mutter zu beschimpfen und schlecht zu machen. Ich weiss bis heute nicht wieso, dass sie das überhaupt getan haben ich weiss nur das es falsch war das vor uns zu tun.

Jeder normale Mensch freut sich auf das Wochenende aber ich freute mich nicht. Ich hasste das Wochenende denn, dass hiess Koffer packen und sich von einem Elternteil zu verabschieden. An den Wochenenden an denen wir zu unserem Vater mussten hasste ich es am meisten. Denn wenn wir von der Schule nach Hause kamen durften wir nicht mehr weit weg und mussten unsere Sachen zusammenpacken. Und wehe wir taten das nicht dann wurde Mama so richtig sauer. Denn komischer Weise war sie unter der Woche immer schlecht drauf und sobald Freitagabend war (also ihr freies Wochenende) hatte sie bombastische Laune und drängte uns richtig wie Tiere schnell unsere Sachen zu packen um uns dann wie ein Packet zur richtigen Zeit abzugeben. Jedes Mal verspürte ich einen Stich in meinem Herzen, wenn wir abgegeben wurden. Ich weiss es gibt schlimmeres aber für mich war es die Hölle. Ich weiss nicht mehr wie oft ich einen Stich im Herzen verspürte habe jedenfalls viel zu viel.

Unser Vater freute sich immer sehr, dass wir kommen oder es machte zumindest den Eindruck. Er war meistens am Wochenende sehr schlapp von der Arbeit. Er gab sich aber alle Mühe und steckte seine restliche Energie in die kleinen Ausflüge die wir ab und an unternahmen. Noch schlimmer war das Gefühl am Sonntagabend als wir unsere Sachen wieder zusammenpacken und uns von unserem Vater verabschieden mussten. Ihm tat es auch jedes Mal sehr weh. Manchmal sagte er es auch und wenn er nichts sagte sah man es in seinen Augen. Sie wirkten matt, glänzten nicht mehr. Eine Situation werde ich nie vergessen. Es war Sonntagabend, wir sassen beim Abendessen als er plötzlich anfing zu weinen und ich fragte ihn «Papa was hast du?» und schaute ihn fragend an.

 Zoey schaute ganz schockiert und fing auch an zu weinen. „Ach meine Süssen am liebsten möchte ich euch gar nicht nach Hause bringen".

Er hob seinen Kopf, schaute uns an und zog Zoey auf seinen Schoss. In diesem Moment begriff ich erst wie sehr er verletzt war und unter dieser Situation litt. Ich hätte niemals gedacht, dass ihm das Ganze auch weh tut. „Ich will bei dir bleiben, du hast ja genügend Platz und die Schule muss ich auch nicht wechseln" sagte Zoey traurig. In diesem Moment drückte er Zoey tief an seine Brust und hielt sie einige Minuten lang. Wie sehr hätte ich mir gewünscht das ich an Zoeys Stelle war aber ich konnte mich nicht rühren. Wie in den meisten Situationen. «Süsse, dass kannst du leider nicht, wie sollte das denn gehen? Ich habe keine Zeit für euch und ausserdem arbeite ich die ganze Woche». Da war es wieder die Hoffnung und die Enttäuschung in einem Satz. «Was ist mit dir Kimberly? Hast du keine Gefühle? Macht dich diese Situation nicht auch traurig? Ich will, dass du mir sagst, dass du mich lieb hast». Ich sass auf dem harten Holzstuhl und merkte wie sich ein Klumpen in meinem Magen bildete. Ich konnte ihm diese Worte nicht sagen auch wenn ich es mir vorstellte, ich brach diese Worte nicht aus mir heraus. Mein Gesicht wurde immer röter und röter. Vater schaute mich erwartungsvoll und auffordernd von der Seite an, ich konnte dem Blick nicht standhalten und drehte meinen Kopf zur Seite. „Los hilft mir den Tisch abzuräumen, dann müssen wir los". Ich nahm Zoey an den Händen und flüsterte ihr „Meine Maus ich bleibe ja bei dir, ich bin für dich da, ich liebe dich ". Als wir nach draussen kamen war es noch hell und die Temperaturen waren sehr angenehm jedoch war die Stimmung sehr betrübt und niemand sagte auch nur ein Wort. Nach fünf Minuten Fahrt waren wir bei uns zu Hause angekommen und wir mussten uns von ihm verabschieden. Er kam nie mit hoch, denn wie gesagt sie konnten sich nicht zusammenreissen und eine normale Unterhaltung führen. Unsere Mutter empfing uns mit einem aufgesetzten Lächeln und fragte was wir alles gemacht haben am Wochenende und ob es schön war. Zoey sagte meistens nichts und ich erwiderte nur ein knappes „Ja".

Mit der Zeit war dieses Gefühl abgeschoben zu werden nicht mehr ganz so Präsenz und ich verdrängte es. Meine Schwester tat mir auch sehr leid, denn sie war noch viel zu jung um dass alles zu verstehen und wie sollte sie es nachvollziehen können, wenn es nicht einmal ich konnte.

Unsere Mutter war von Anfang an mit all dem Ganzen überfordert. Meine Schwester hatte schon immer Mühe damit alleine in ihrem Zimmer zu schlafen und durch das ganze Durcheinander konnte sie es gar nicht mehr. Jeden Abend war das gleiche Szenario mit ihr. Ich konnte es ihr nicht übel nehmen den wie sonst konnte sie sich bemerkbar machen und so zum Ausdruck bringen, dass es ihr nicht gut geht. Da unsere Mutter schon immer mit all dem Ganzen überfordert war, könnt ihr euch sicherlich vorstellen was das für ein Theater gab. Sie schrie meine Schwester an, die in diesem Zeitpunkt 4 oder 5 Jahre alt war. „Jetzt mach kein Drama und geh sofort in dein Bett und lass mich in Ruhe" schrie sie immer und immer wieder. Logisch war die Situation für unsere Mutter nicht einfach aber sie begriff nicht wieso, dass Zoey nicht alleine schlafen konnte. Kaum hatte sie meine Schwester an den Armen auf dem Boden schleifend ins Zimmer getragen und auf ihr Bett geschmissen, dauerte es nicht lange und ich hörte die Türe nebenan wieder aufgehen. Ich öffnete meine Türe und spähte hinaus in den Flur. Ich sah sie vorne im Flur stehen ganz in sich gekrümmt, sie spähte um die Ecke ins Wohnzimmer. „Mama ich kann nicht alleine schlafen und einschlafen kann ich auch nicht, darf ich nicht bei dir schlafen?" fragte sie ganz leise und weinerlich. „Nein, geh SOFORT in dein Bett" zischte meine Mutter zurück. Mir brach es das Herz ich konnte meine

Schwester so einfach nicht sehen. Unsere Mutter stand wieder auf und ging schnell auf sie zu, packte sie und schleifte sie an den Armen in meine Richtung. „Du bist ja auch noch wach, was ist eigentlich los mit euch"?

„Sei doch nicht so grob zu ihr", schrie ich und rannte in ihre Richtung. „Du machst alles nur noch schlimmer mit deiner Art, lass jetzt deine Schwester in Ruhe schlafen und geh in dein Zimmer" zischte sie schon wieder in einem Ton, welcher einem die Nackenhaare aufstellte. In diesem Moment blieb ich einfach im Flur stehen und beobachtete genau, dass unsere Mutter meiner Schwester nichts machte. Man kann sagen, dass ich sie immer im Visier hatte und aufpasste, dass ihr nichts passierte. Wie eine Löwenmama. Nur dass es sich dabei um meine Schwester handelte. Zoey konnte sich nicht weiter beruhigen und fing an zu weinen. „Ich habe die Schnauze voll, ich packe jetzt dann gleich meine Sachen und haue ab, könnt ihr euch nicht einmal zusammenreissen"? schrie sie jetzt durch die ganze Wohnung. Zoey stand sofort auf, klammerte sich an Mamas Bein und wimmerte „Nein Mama du darfst nicht gehen, bitte lass mich nicht alleine hier". Ich stand nur da und sagte kein Wort mir tat es einfach nur weh uns alle drei so zu sehen. Die meisten Situationen endeten so dass Zoey trotzdem alleine schlafen musste oder manchmal nahm ich sie dann auch zu mir und hielt sie dann ganz fest an meine Brust gedrückt. Sie schlief dann meistens sofort ein und ich war erleichtert.

An einen Abend kann ich mich noch sehr gut erinnern. Es war wieder dasselbe Problem wie jeden Abend nur mit der Ausnahme, dass unsere Mutter die Drohung wahrmachte und uns einfach stehen liess. „Ich habe die Nase gestrichen davon, schaut jetzt selber wie ihr klar kommt"! Zoey weinte bitterlich und ich schrie sie an „Wie kannst du das machen? Wann kommst du wieder?". „Das weiss ich jetzt noch nicht, aber ich brauche frische Luft und Zeit für mich".

Ich wusste nicht wie ich darauf reagieren sollte und drückte Zoey nur an mich. „Dann geh doch ich bringe Zoey ins Bett". Sie erwiderte nichts, drehte sich um und ging aus der Haustür. Mein Kopf schmerzte und ich hatte keine Ahnung was gerade passiert war. Ich musste wieder einmal stark sein und durfte nicht weinen, wenn ich das täte würde sich Zoey gar nicht mehr beruhigen. Zoey kletterte auf meinen Arm und ich trug sie in mein Bett. „So meine kleine Maus, hör jetzt auf zu weinen ich bin bei dir und Mama kommt auch wieder. Sie ist nur kurz nach Draussen an die frische Luft". „Du kannst bei mir schlafen". Ich kuschelte mich an sie, streichelte ihr über das

Gesicht bis sie einschlief. Ich lag so lange wach, bis ich die Tür hörte und sicher war das Mama wieder zu Hause war. Am nächsten Morgen war die Situation getrübt, niemand sagte ein Wort geschwiege denn einen Satz. Als wir fertig gefrühstückt hatten wollte ich aufstehen und wie immer in mein Zimmer gehen doch dann sagte sie wieder in einem fauchenden Ton „Du kannst mir gefälligst helfen den Tisch abzudecken und das dreckige Geschirr abzuräumen".

„Wieso sollte ich das tun? Wann bist du gestern nach Hause gekommen?".

„Das geht dich nun wirklich nichts an und jetzt los hilf mir sofort oder willst du das dein Taschengeld gestrichen wird?". Ich stand auf und half ihr den Tisch ab zudecken ohne auch nur ein Ton von mir zu geben und ich hoffte insgeheim, dass sich die Situation wieder beruhigte und alle wieder glücklich und zufrieden beisammen sein konnten. Am Nachmittag regnete es und ich vertrieb mir die Zeit damit mit Zoey zu spielen auch wenn ich eigentlich schon zu alt war für diese Spiele aber so konnte ich mich ablenken und sie hatte auch Freude. Am Abend war ich dann meistens in meinem Zimmer in mein Bett eingekuschelt und schaute irgendwelche DVDs auf meinen tragbaren DVD Player. Zoey war meistens auch dabei. Man kann schon sagen, dass wir ein enges Verhältnis gehabt haben, welches leider heute nicht mehr so stark ist. Meine Schwester war in dieser Zeit für mich auch eine sehr grosse Hilfe, denn durch sie konnte ich mich etwas ablenken und machte es mir zur Aufgabe sie glücklich zu machen und vor all dem „bösen" zu bewahren. Das Schlafproblem blieb, jedoch durfte Zoey dann bei Mama schlafen. Es dauerte eine ganze Weile bis sich Zuhause alles eingespielt hatte. Der Hass zwischen unseren Eltern blieb. Als ich in die Pubertät kam war die Stimmung zwischen mir und Mama unerträglich, ständig beschimpfte sie mich als schwieriges Kind. Ich fing an zu rauchen in der 9ten Klasse. Wenn ich mal zuhause war verkroch ich mich meistens in meinem Zimmer und schottete mich ab von allem und von jedem. Nachdem ich die Kochausbildung erfolgreich beendet hatte zog ich direkt mit Kai zusammen.

Hier und jetzt...

 Als wir Zuhause angekommen sind merke ich wie kaputt ich eigentlich bin, ich möchte nur noch ins Bett und schlafen. Kai ist noch nicht müde und deshalb gehe ich alleine schlafen. Doch von schlafen ist keine Rede ich kann einfach in der letzten Zeit nicht mehr einschlafen. Nicht nur meine Kindheit und die jetzige Situation zwischen mir und meinen Eltern, auch die Arbeitssituation beschäftigt mich sehr. Ich wälze mich hin und her und versuche mein Kopf auszuschalten doch ich schaffe es einfach nicht. Und so liege ich wie fast jeden Abend in letzter Zeit wach, bis mein Freund ins Bett kommt und sich an mich kuschelt. Nur dann fühle mich etwas sicherer. Wie bekomme ich die Situation wieder in den Griff, wie schaffe ich es, dass der nächste Tag nicht schlimmer wird, was habe ich alles falsch gemacht. Diese Gedanken fressen sich regelrecht in meinen Kopf hinein. Nach einer halben Ewigkeit schaffe ich es dann doch irgendwie einzuschlafen. Nach einer unruhigen Nacht werde von einem lautet Piepen meines Weckers unsanft aus den Schlaf gerissen. Mein Kopf dröhnt und man könnte meinen, dass ich in der Nacht eine Party gefeiert hätte. Abgesehen von dem könnte man meinen, dass ich von einem Auto überfahren worden bin. Mein ganzer Körper schmerzt und ist ganz steif. Verschlafen versuche ich mich aufzurichten, ich muss mich beeilen.

 Kai schläft seelenruhig neben mir. Am liebsten würde ich mich jetzt an ihn kuscheln und einfach alles vergessen. Als ich es nach 10 Minuten geschafft habe mich aufzurichten und langsam ins Bad zu gehen, ist mein Kopf schon wieder voll mit Gedanken.

Zurzeit arbeite ich bei einem Hotel in der Küche als Jungkoch. Da ich erst vor ein paar Wochen meine Ausbildung als Köchin abgeschlossen habe wollte ich damit Erfahrungen sammeln. Die Küche fand ich ziemlich cool da man direkt ins Restaurant schauen kann und so einen direkten Kontakt mit den Gästen hat. Das Team welches mit mir in der Küche arbeitet ist nicht gross, ich bin mir anderes gewöhnt jedoch fand ich es angenehm. Ich liebe das Kochen und ich fühle mich wohl, wenn ich sehe wie die Gäste Freude haben an dem guten Essen. Es ist aber auch sehr stressig und neu für mich a la Carte zu kochen. Alles auf Abruf und man weiss nie ob man gut oder schlecht vorbereitet ist. Zu dieser Zeit war ich 4 Wochen in den neuen Betrieb und in dem Team. Mit den Lehrlingen die sie dort ausbilden verstehe ich mich gut und auch mit den normalen Köchen. Jedoch habe ich immer das Gefühl nicht richtig angekommen zu sein. Ich schob das Gefühl auf die Ausrede, dass ich noch nicht so lange dort bin und dass das Gefühl noch kommen würde. An diesem Morgen an dem ich fast zu spät gekommen bin, weil der Wecker zu spät geklingelt hatte, hatte ich Frühdienst, das heisst von 06.00 bis 15.00. Ich war wie immer bei diesem Dienst am Morgen alleine in der Küche, was ich aber sehr genoss. Niemand der mich hetzte und so alle unnötig stresste. Gemütlich aber zielorientiert machte ich mich an die Arbeit für die Gäste das Frühstück vorzubereiten. Frisch gekochte Eier in allen Varianten, Pancakes, Brot und Croissants, frisches Müsli mit Früchten und vieles mehr gibt es für unsere Gäste. Weil wir viele Touristen haben bieten wir auch Rösti und gebratenen Speck an.

Ich liebe es die zufriedenen Gesichter der Gäste zu sehen, wenn sie die herrlich duftenden Speckscheiben oder die gebratene Rösti auf ihr Teller schaufeln.

Mir machte es am Anfang nichts aus diesen Dienst zu machen aber es wurde nach einiger Zeit zur Gewohnheit und dass war ein grosses Problem. Nicht nur für mich, sondern auch für die Lehrlinge die ich betreut habe. Kai unterstütze mich jeden Tag wieder aufs Neue und gab mir Motivation weiterzumachen auch wenn es nicht das war was ich gerne gemacht hätte. Immer wenn ich nach der Arbeit nach Hause kam war ich unglücklich und ich fühlte mich sehr oft erschöpft und ausgelaugt von dem Tag.

Nach ein paar Monaten hatte ich jedoch Mühe mit dem Einschlafen, weil ich mir ständig Gedanken machte über meine Zukunft in diesem Hotel. Ich war wieder einmal verloren in der Spirale der Zeit und der Angst zu versagen. Es wurde immer schlimmer und ich wollte nicht mehr in diesem Betrieb arbeiten. Eines Tages wurde ich wieder einmal von meiner Chefin zusammengeschissen (ohne Grund). Als sie mit ihrem Geschreie fertig war drehte ich mich um, zog meine Kochschürze aus und schmiss sie ihr mit voller Wucht zu und verliess auch nur ohne ein Wort zu sagen die Küche. Ich ging nie wieder dorthin. Es war so ein befreiendes Gefühl nicht mehr dort hin zu müssen. Okay ich gebe zu heute sehe ich die Situation etwas anders als damals. Heute würde ich nicht mehr so reagieren aber schliesslich wusste ich ja bereits wo ich als nächstes arbeiten würde. Ich hatte mich zwei Tage vorher in einem kleinen etwas heruntergekommenen Restaurant mit dem Inhaber unterhalten und der hat mir einen Job angeboten. Ja ich hätte damals nicht so handeln dürfen und wieder einmal mehr den Menschen so schnell vertrauen sollen doch so war ich mit meinen jungen 18 Jahren. Nach meinem zügig schnellen Abgang im Hotel, machte ich mich also auf den Weg zu diesem Restaurant in der Hoffnung, dass er den Job noch hatte. Das Restaurant war italienisch türkisch dekoriert und stand direkt an der Hauptstrasse die sich durch unser Quartier zog. Die Luft war warm und ich beschloss mir einen Kaffee zu bestellen und mich an einen der zwei Tische draussen hinzusetzen. Ein junges Mädchen kam zu mir, ich schätzte sie gleich alt wie mich. Sie war eher dünn hatte rotes Haar und eine Brille auf der Nase. Sie lächelte mich freundlich und vertraut an und sagte «Hey du musst Kimberly sein, ich bin Lara und arbeite hier, willst du einen Kaffee? « Ich starrte sie an mit offenem Mund, weil ich so geschockt war, dass sie meinen Namen kannte. Ich zwang mich zu lächeln, nickte und bestellte mir einen Kaffee. Nach ein paar Minuten kam sie mit zwei Tassen nach draussen und setzte sich zu mir. «Von wo weisst du meinen Namen? « fragte ich sie vorsichtig. Sie grinste verlegen und flüsterte «Der Chef hat mir von dir erzählt und ich habe einfach geraten, also war ich richtig mit meiner Vermutung». «Ja das warst du definitiv « nun lachte ich und fühlte mich wohl in der neuen Situation. Sie erzählte mir von dem Restaurant und einige Dinge über sie. Sie studierte Jura und jobbte nur nebenbei im

Toskana. Nach 2 Tassen Kaffee kam dann der Chef endlich und ich fragte ihn nach dem Job. Es schien als wäre er sehr dankbar, dass ich mich anbot. Als ich am späten Abend mich verabschiedete hatte ich den Job in der Tasche.

Ich musste mir keine Gedanken mehr machen wie ich die Miete und die restlichen Rechnungen zahlen soll.

Nach ein paar Tagen hatte ich mich an die kleine Küche gewöhnt auch wenn ich noch nicht so gut war die Pizzas schön rund hinzubekommen. Der Chef war zufrieden und merkte schnell, dass man mich arbeiten lassen konnte ohne mich immer wieder zu kontrollieren oder mir irgendwelche Aufgaben zu geben. Ich war alleine für die Küche verantwortlich und im Service arbeiteten nur 3 Studentinnen. Lara, Lina und Aline. Lara studierte Jura, Lina Kunst und Aline Medizin. Sie waren alle sehr nett jedoch hatten sie diese Leidenschaft für die Gastronomie nicht, was ich verstand schliesslich arbeiteten sie nur da um ihr Studium zu finanzieren. Ich hingegen arbeitete für meine Leidenschaft.

Die Gäste die ins Toskana kamen waren eher älter und schätzten das kleine italienisch-türkische Flair. Ich kochte gerne und ging in meinem Job voll auf. Der Chef und ich gingen zusammen einkaufen und überarbeiteten die Speisekarte. Er gab mir immer mehr Verantwortung und ich genoss es. Ich hatte gerne die Kontrolle und war gerne mein eigener Chef. Ich bin ehrlich ich verdiente fast nichts für das was ich alles tat. Es war eine Frechheit. Ich war zu diesem Zeitpunkt eigentlich Manager, Küchenchef und war zu jeder Zeit im Toskana. Ich opferte viel Freizeit um neue Gerichte auszuprobieren und so neue Gäste anzulocken. Das Finanzielle in diesem Laden war nicht gerade rosig, was auch dem Chef nicht leicht viel. Ich war im Stundenlohn angestellt durfte aber nicht alle Stunden aufschreiben die ich arbeitete, dies sorgte für viele Diskussionen mit ihm. Er verstand nicht was ich alles machte für das Restaurant und schätzte es auch nicht. Er sah immer nur das Finanzielle was sehr schade war.

Es war Freitag und ich freute mich auf das Wochenende denn ich hatte seit langem wieder einmal frei. Kai und ich wollten in den Bergen zelten gehen. Der Chef hatte aber keinen Ersatz für mich, das heisst wenn ich nicht da war musste er die Küche managen. Er war dann meistens überfordert und wenn ich dann nach meinem freien Tag wieder kam herrschte das absolute Chaos. Nichts war vorbereitet oder die Küche richtig aufgeräumt.

Sara Say

Es war eine Katastrophe. Ich fragte mich immer wieder wie so jemand überhaupt überleben konnte in dieser Branche. Wir hatten nicht die gleichen Ansichten was dann auch zu Diskussionen führte.

Es war Freitagmittag ich schrieb gerade die Mittagsmenus auf die Tafel die ich immer vor das Restaurant stellte.

Es gab immer 3 Menus eins mit Fleisch, ein Vegetarisches und eine Pizza.

Die Menus liefen immer sehr gut und wir brauchten nie mehr. Die Gäste waren damit zufrieden.

Ich hatte mir für den Tag etwas Spezielles überlegt, etwas kreatives, etwas neues und ich wusste er würde es nicht dulden doch ich wollte es so denn ich stand schliesslich jeden gottverdammten Tag in dieser Küche und nicht er. Sein Menü Vorschlag war

Menu 1 Hirschmedaillons mit Gemüse und Kartoffeln
Menu 2 Gemüse mit Kartoffeln
Menu 3 Pizza Margaritha

Für Menschen die sich nicht auskennen, klingt dies bestimmt sehr lecker aber es war erstens Frühling also keine Saison für Hirsch und zweitens war dies nicht modern. Er wollte tatsächlich eingefrorenes Hirschfleisch vom letzten Jahr nehmen. Ich hatte ihm gesagt, dass das auf gut Deutsch scheisse ist und dass man das nicht machen darf und dass das Fleisch nicht mehr gut ist. Er wollte nicht hören also machte ich mein eigenes Menu. Ja ich weiss er ist der Chef aber ich konnte, dass unseren Gästen nicht antun. Das ging nicht, also machte ich folgendes

Menu 1 Rindsgulasch mit Kartoffeln und Spargelgemüse
Menu 2 Spätzle mit Gemüse und gegrilltem Käse
Menu 3 Pizza Margaritha

Er war nicht begeistert konnte es aber auch nicht mehr ändern es war bereits 11:30. Am Freitagmittag war immer sehr viel los so dass am Ende des Mittags die ganzen Menus ausverkauft waren und wir sogar gegen den Schluss a la Card angeboten hatten. Das war sonst wirklich nie so. Die meisten Gäste gaben viel Trinkgeld und ich bekam viel Lob für die Küche. Ihm passte das gar nicht und zog sich wie immer in sein verrauchtes Loch (Büro) zurück. Als wir um 14.00 die Türen schlossen um alles aufzuräumen kam er hoch, Aline war diesen Mittag auch da und war eifrig damit beschäftigt die Kaffeemaschine zu reinigen. Er kam hoch und stand nur in der

Tür und starrte uns an ohne etwas zu sagen, bis ich sagte « Dass lief doch ganz gut, vielleicht sollten wir das jetzt immer so machen» er schaute mich mit einem bösen aufdringlichen Blick an und erwiderte nur «Ich bin der Chef du hast hier nichts zu sagen, dass Trinkgeld kannst du mir auch abgeben, dass Rindfleisch hat viel gekostet das werde ich dir von deinem Lohn abziehen»

«Ist das dein Ernst?» ich drehte mich zu ihm um, machte einen Schritt nach vorne und blickte ihn nun finster an. «Tja das hast du nun davon» antwortete er mit einem Lächeln, drehte sich um und verliess das Restaurant. Ich stand da, erstarrt, geschockt und fragend ob das wirklich passiert ist oder ob ich es träumte. «Er meint es bestimmt nicht so» Aline hatte sich von der Kaffeemaschine abgewannt und starrte mich mit ihren blauen grossen Augen an.

«Ich wollte ihm nur helfen, er hat schon genug Sorgen, wenn das sein ernst ist, dann werde ich mir einen neuen Job suchen müssen.»

«Ach Kimberly du weisst doch wie er ist, er meint es nicht so».

«Ja leider weiss ich wie er ist. «

Sara Say

Er zog mir die Kosten für das Rindergulasch wirklich vom Lohn ab.

Wir hatten viele solche Diskussionen, jetzt weiss ich, dass er das nicht machen darf doch zu diesem Zeitpunkt war ich nur froh einen Job zu haben um über die Runden zu kommen.

Er ging sogar soweit, dass er mich komplett alleine gelassen hatte im Toskana. «Du schaffst das, ich muss zu einem Kumpel, es werden sicher nicht viele kommen, schliesse dann später ab» dies waren seine Worte die er mir sagte bevor er ohne mit den Wimpern zu zucken den Laden verliess.

An diesen Abenden war ich innerlich sehr gestresst, ich weiss noch es war Samstagabend um 18.00 Uhr und die ersten Gäste kamen herein und ich begrüsste sie in meiner Kochuniform und erntete dafür nur böse, misstrauische Blicke. Ich fragte sie was sie den gerne zu essen hätten und ob ich Ihnen die Empfehlung des Tages kochen könnte. Sie waren überrascht aber positiv und bestellten alle die Empfehlung. Ich schenkte Ihnen die Getränke ein und verabschiedete mich in die Küche. Sie waren etwas verwirrt, sagten aber nichts weiter dazu. Als ich das Essen fertiggekocht hatte und es Ihnen reichte fragten sie mich ob ich dieses

Restaurant allein führe, ich musste bei dieser Frage schlucken und antwortete «Nein, das Restaurant gehört mir persönlich nicht aber ich bin heute Abend alleine da der Besitzer einen Familiennotfall hat». Die Gäste hatten Verständnis und waren als sie das Toskana verliessen satt und zufrieden. An diesem Abend hatte ich Glück und die Gäste kamen nicht alle auf einmal, trotzdem war ich erleichtert als es 23.00 Uhr war und ich die Tür müde hinter mir zuschliessen konnte. Diese Situation hatte ich viele Male bis ich an den Punkt kam wo es für mich nicht mehr stimmte und ich für meine Arbeit mehr Geld wollte.

In dieser Zeit hatte ich nicht wirklich viel Zeit für Kai und unsere Beziehung, was dafür sorgte, dass es Streit gab. Er verstand nicht wie ich mich für diesen Job so bemühen konnte und dass ohne Erfolg für einen Mann der meine Arbeit nicht schätzte. Ich wusste es ehrlich gesagt auch nicht. Ich fing an mir Job Inserate anzusehen und mich umzuhören. Es war Mittwoch ich hatte frei und sass Zuhause vor meinem Computer und durchstöberte das Internet als ich das Inserat sah welches mein Leben veränderte.

Die Anforderungen dieses Jobs waren genau, dass was ich voraussetzte. Es war wie gemacht für mich. Ich nutzte die Chance und bewarb mich, hatte aber immer noch im Hinterkopf, dass ich sowieso keine Chance hätte und sie sicher keine wie mich wollen.

Ich erzählte meinem Chef davon, weil ich ehrlich zu Ihm sein wollte. Kai unterstützte mich da ich durch diesen neuen Job mehr Zeit hätte und er auch nur das Beste für mich wollte. In dieser Zeit war ich glücklich und hatte das Gefühl ich selbst zu sein.

Nach zwei Wochen voller Hoffnung klingelte eines Mittags als ich gerade vor dem Restaurant stand das Telefon und ein Herr Namens Müller fragte mich ob ich Morgen zu einem Vorstellungsgespräch kommen könnte. Ich sagte sofort zu und war wie auf Wolke 7. Ich war noch nie so aufgeregt, dies war meine Chance. Die Chance auf eine gute Arbeitsstelle in der meine Arbeit geschätzt wird und wo ich mich voll und ganz meiner Leidenschaft widmen kann. Das dachte ich zumindest.

Ich sagte meinem Chef Bescheid, der mich dann auf türkisch zusammenschiss, doch dies war mir relativ egal. Soll er doch böse sein, dachte ich mir und verliess diesen Mittag das Toskana seit langem wieder glücklich.

Sara Say

Das Vorstellungsgespräch lief wie erwartet sehr gut und ich war mir zu diesem Zeitpunkt sehr sicher, dass ich sehr glücklich sein würde dort. Herr Müller machte den Eindruck, dass er sehr erleichtert wäre, dass ich die Stelle angenommen hatte.

Ich konnte nun die Tage zählen bis es soweit war und ich nie wieder zurückmusste. Kai war ebenfalls erleichtert mich wieder glücklich zu sehen und unsere Beziehung verlief wieder gut. Es waren nur noch ein paar Tage bis zu meinem 19 Geburtstag und ich freute mich darauf, weil Kai und ich geplant hatten weg zu gehen. Wir wollten nach Berlin für ein Tag einfach einen Flug buchen und für einen Tag weg. Am Abend zu vor sagte mir dann Kai, dass er keine Lust habe nach Berlin zu fahren und dass wir es doch verschieben können und dafür dann ein paar Tage im Frühling gehen können. Ich verstand ihn war aber sehr traurig, zeigte meine Enttäuschung nicht. Wie immer. Kimberly wieso lässt du das mit dir machen? Bin ich den nichts wert? dachte ich an diesem Abend immer und immer wieder. Ich suchte immer wieder einen Grund.

Dann kam der Tag mein 19 Geburtstag. Nana und Nonno telefonierten sehr lange mit mir, dies munterte mich auf. Zoey meldete sich per WhatsApp und Mama schrieb mir eine SMS. «Happy Birthday mein Schatz» da stand Kai auf unserer Terrasse mit einem riesigen Blumenstrauss aus Rosen und Tulpen und lächelte mir zu. «Danke» erwiderte ich und bemühte mich zu lächeln. « Die sind aber hübsch» ich ging auf ihn zu, drückte ihm einen Kuss auf die Wange und schaute ihm tief in die Augen. «Danke, dass du da bist und mir halt gibst». Er nahm den Arm und legte ihn mit über die Schultern und flüsterte mir ins Ohr «Kein Problem Baby».

Wir begannen den Tag mit Frühstück bei unserem Lieblingsbäcker. Dort gab es die besten Croissants, gefüllt mit Schokolade und bestreut mit Mandeln. Anschliessend spielten wir Minigolf, ich gewann mit 20 Punkten.

Am Abend gingen wir ins Restaurant lecker essen mit seinen Eltern und seinem Bruder.

«Was soll das? Wir sind hier am Essen und du bist die ganze Zeit nur am Telefon» Kai schaute mich mit einem etwas genervten Blick an « Er hat immer noch nicht geschrieben» sagte ich mit trockenem Mund. Ich musste dringend etwas trinken, etwas Hochprozentiges. «Hat sich dein Vater etwa immer noch nicht gemeldet?» Kais Vater blickte mich fragend an. «Damit es jetzt alle wissen, ja er hat sich noch nicht gemeldet, ist aber jetzt egal» erwiderte ich schnippisch. Somit war das Thema vom Tisch und ich zwang mich den Abend noch zu geniessen schliesslich war es MEIN Tag. Am Abend schlief ich wieder einmal mit dem Gefühl nicht geliebt zu werden ein.

In dieser Nacht schlief ich sehr unruhig. Immer wieder erwachte ich und musste darüber nachdenken wieso sich mein Vater nicht gemeldet hatte. Als ich dann am Morgen erwachte fühlte ich mich wie von einem Zug überfahren. Ich zwang mich diesen Schmerz nicht mehr zu fühlen der sich nun in meinem Herzen einnistete. Es war ein neuer Tag und ich musste damit abschliessen. Morgen war Montag und somit der Anfang von dem neuen Abschnitt in meinem Leben. Ich war sehr nervös und aufgeregt. Ich erwachte gut gelaunt und voller Energie, ich war motiviert und überzeugt endlich den perfekten Arbeitsplatz für mich gefunden zu haben. Ich musste an diesem Tag um 07.00 anfangen zu arbeiten. Um noch motivierter zu sein hörte ich mir zu dieser Zeit meinen Lieblingssong in Durschleife an. «All Rise, von Blue ». Ich machte mich auf den Weg ja ich tanze schon fast aus der Wohnung. Als ich ankam wurde ich dem ganzen Team vorgestellt, alles nette Menschen auf den ersten Blick. Ich verbrachte den Tag mit Kartoffeln schälen, Salate vorbereiten und Saucen herstellen. Als ich einige Stunden später das Restaurant verliess war ich mehr als glücklich. Ich strahlte richtig so wie mir Kai später berichtete. Ich ging jeden Morgen sehr glücklich zur Arbeit immer mit den Kopfhörern im Ohr und dem Song von Blue. Die Monate vergingen und ich war fasziniert von der Arbeit und gab jeden Tag mehr als 100 % um mich hoch zu arbeiten. Herr Müller war zufrieden und fast alle Mitarbeiter schätzten mich auch wenn ich die jüngste war. Die meisten waren zwischen 30 und 50. Die männlichen Mitarbeiter hatten sowieso Freude an mir. Als ich wie an den meisten Morgen mein Chocochino in der Cafeteria trank und genüsslich meine Zigarette rauchte wurde mir das erste Mal so richtig bewusst, dass ein paar Damen bereits am frühen Morgen schlecht gelaunt waren und über Gott und die Welt lästerten. Ich fragte sie warum sie den so schlecht gelaunt sind und ob sie nicht einfach darüber hinwegsehen könnten. «Du hast absolut nichts zu sagen, du bist klein und blond» erwiderte die kleine etwas pummelige mit Falten gekennzeichnete ausländische Frau. «Wow, hey beruhige dich» sagte ich ganz geschockt, weil ich einfach nicht damit gerechnet hätte das Evi (das ist die Abkürzung von ihrem langen Namen) in der Lage wäre in so einem Tonfall, der einem die Haare zu Berge stehen liess zu sprechen. So wie der Tag begonnen hatte ging er dann auch weiter. Ich dachte mir einfach, dass ich an dem Tag der Sündenbock für Evi und ihr Gefolge war und dass es am nächsten Tag besser sein würde.

Es wurde aber nicht besser, es war erst der Anfang. Ich hatte nie etwas Böses gegen Evi oder sie anderen gesagt oder gemacht. Solche Sprüche kamen sehr selten aber sie zeigten mir jeden Tag, dass ich nicht willkommen war. Herr Müller war mit meiner Arbeit sehr zufrieden und bot mir dadurch an mehr Aufgaben im Bürobereich zu übernehmen, also Bestellungen, Planung der verschiedenen Buffets. Ich freute mich hatte aber gleichzeitig auch Angst zu versagen und nicht gut genug zu sein um jemand besseres zu werden. Kai hatte diesen Ehrgeiz nicht und verstand mich in dieser Hinsicht nicht, er unterstützte mich trotzdem und freute sich mit mir. Die Lästereien hörten plötzlich auf obwohl ich jetzt denke, dass sie es einfach machten, wenn ich nicht dort war. Herr Müller verlangte von mir, dass ich Evis Posten führte, wenn sie Frei hatte oder in den Ferien war. Was ja gar kein Problem war denn sie war weiterhin komplett zuständig für den Posten. Ihr gefiel dies aber gar nicht jedoch lächelte sie mit dem falschesten Lachen, dass ich je gesehen hatte Herrn Müller zu als er ihr die Neuigkeit sagte. Mit einem «Super» verabschiedete sich

Herr Müller. Ich stand wie angewurzelt dort und als ich dann Evis Blick sah als sie sich umdrehte wusste ich, dass so einiges auf mich zukommen würde.

Am nächsten Tag musste sie mich in die Patisserie einarbeiten, damit ich wusste was alles zu erledigen war, wenn sie abwesend war. Der Ablauf war sehr stressig, man musste alles genau nach Zeitplan herstellen um die ganze Arbeit zu schaffen.

Ich machte mir Notizen um auch ja nichts zu vergessen, denn am nächsten Tag musste ich die Patisserie bereits alleine führen.

Das einzig Positive an diesem Posten waren die Arbeitszeiten den man fing früher an konnte dafür aber auch früher gehen und hatte so noch Freizeit für den Nachmittag und Abend.

Es klappte alles ganz gut und Herr Müller lobte mich für die hübschen Desserts und die perfekt gelungenen Früchtekuchen. Die Zeit verging und ich machte mir mittlerweile keine Gedanken mehr über die Anderen. Ich musste nur dem Chef gefallen und ihn davon überzeugen, dass ich gut bin. Eines Morgens als ich noch etwas müde wieder vor dem Kühlschrank in der Patisserie stand, konnte ich meinen Augen nicht trauen. Mich überkam eine Welle aus Panik denn es war nichts vorbereitet. Evi hatte tatsächlich nichts bereitgestellt, was einfach unmöglich war. Das hiess für mich, dass ich den ganzen Tag puren Stress hatte. Ich versuchte mich zu beruhigen und holte ein paar Mal tief Luft. Was zum Teufel sollte das?! Egal dachte ich mir und machte so schnell wie möglich den Arbeitsplatz Start klar. Ich hatte genau eine Stunde Zeit um 12 Früchtekuchen, Croissants, Brötchen zu machen und dass nur in einem Ofen. Keine Ahnung wie ich das hinkriegen sollte. In meinen Gedanken herrschte Chaos. Um 7 Uhr öffnete das Restaurant und ich schaffte es von allem etwas zu machen, so dass es bis zum Mittag reichen würde. Das hiess nicht, dass der Stress vorbei war im Gegenteil. Als Herr Müller wie jeden Tag vorbei kam fragte ich Ihn ob Evi ihm etwas mitgeteilt hätte oder Sie gestern keine Zeit hatte die Sachen vorzubereiten. Er schaute mich erstaunt an und sagte nur mit einem erstaunten Ton «Ich weiss von nichts». Ich drehte mich weg und musste mich zusammenreissen um nicht anfangen weinen zu müssen. Ich schluckte den dicken Kloss in meiner Kehle hinunter und machte mich wieder an die Arbeit. An diesem Tag machte ich 4 Stunden Überzeit nur um alles gut vorbereiten zu können, damit Evi am nächsten Tag keinen Stress hatte. Erschöpft und total am Boden zerstört ging ich nach

Hause, wenigstens hatte ich noch Kai der bestimmt zu Hause auf mich mit dem Essen gewartet hatte. Als ich in der Bahn sass und endlich etwas entspannen konnte hörte ich meinen Magen. Er knurrte und donnerte so laut, dass mich die Dame die im Abteil neben mir sass schon komisch von der Seite anschaute. Beschützend und in der Hoffnung das es aufhören würde legte ich meine Hand auf den Bauch. Hatte ich heute überhaupt schon was gegessen? Ich war froh als ich bereits im Treppenhaus den Geruch von Lasagne wahrnahm, Kai hatte also gekocht. Ich kam zur Tür herein und meine Nase hatte mich nicht im Stich gelassen. Kai stand in unserem Esszimmer und servierte gerade die frisch gebackene Lasagne und summte nebenbei den Hit Coco Jambo. Ich musste schmunzeln, ich war so glücklich in diesem Moment und dass obwohl dieser Tag so beschissen gelaufen ist. Wir assen die wirklich leckere Lasagne und schauten dann wie fast jeden Abend einen Film. Ich kuschelte mich an ihn und in diesem Moment stand die Welt still. Fast vergessen war dieser Tag und all die Sorgen.

Am nächsten Tag kam ich zur Arbeit mit einem flauen Gefühl. Als ich die Küche betrat kam Evi zu mir, packte mich am Arm und schrie mich in ihrem Jugoslawen Deutsch an

«Was erlaubst du dir? Du hast nichts vorbereitet ich habe jetzt viel Arbeit, du dummes Mädchen». Ich stand da, tausend Gedanken in meinem Kopf, die Wut überkam mich, ich verdrängte sie aber und erwiderte « Was willst du? Was ist dein Problem? Ich habe gestern alles vorbereitet. Als ich gestern Morgen kam war alles leer, ich war gestern 4 Stunden länger da nur damit du heute keinen Stress hast. Lass mich gefälligst los «. Evi packte meinen Arm noch etwas fester, kam näher an mein Gesicht und blickte mich mit zusammen gekniffenen Augen an. « Du wirst, dass bereuen, kleines Mädchen». Sie liess mich los, drehte sich um und ging davon. Mein Herz raste und ich wusste nicht wie ich mich verhalten sollte. Die Tränen schossen mir in die Augen. Nein, bloss nicht weinen, du bist stark versuchte ich mich zu beruhigen. Zum Glück oder auch Unglück gatte es sonst niemand mitbekommen, da es noch sehr früh war. Ich riss mich zusammen und nahm mir vor nicht zu Herr Müller zu gehen, weil ich keinen Stress wollte und hoffte, dass es jetzt ruhiger werden würde. Ich hatte falsch gedacht. Evi ging am nächsten Tag zu Herr Müller und erzählte ihm, dass ich nichts vorbereitet hätte, dies hatte natürlich zur Folge, dass ich ins Büro musste und er von mir wissen wollte was da genau abgegangen war. Ich erzählte ihm, dass ich alles vorbereitet hätte und nicht wisse wieso es nicht da war. Ich hatte zu viel Angst in diesem Moment ihm die Situation zu schildern, die sich heute in der Früh ereignet hatte. An diesem Tag hatte ich wieder keinen Appetit auch nicht als ich völlig zerstört zu Hause ankam. Kai war noch nicht da ich hatte also genügend Zeit um mich unter die heisse Dusche zu stellen und mich auszuweinen. Ich zog mich aus, und stellte mich unter die brühend heisse Dusche. Ich atmete tief ein und aus und hoffte, dass das beklemmende Gefühl in meiner Brust verschwinden würde. Trotz dem dicken Klos in meiner Kehle konnte ich nicht weinen. Nach erfolglosen 30 Minuten heisser Dusche stieg ich hinaus, zog meine Jogginghose und Top an und kuschelte mich ins Bett. Als Kai von der Arbeit kam machte ich keine an stallten um mich zu bewegen. Ich lag den ganzen Abend auf dem Bett auf die Seite gekuschelt und konnte meine Gedanken nicht ordnen. Was zum Teufel ist los mit mir.? Was ist falsch an mir? Was habe ich falsch gemacht? All diese Gedanken konnte ich nicht mehr aus meinem Kopf verbannen. Kai legte sich zu mir und irgendwann schlief ich ein.

Auf der Arbeit vermied ich den Kontakt mit Evi und hoffte insgeheim, dass ich sie nicht mehr ablösen musste. In der Freizeit versuchte ich meine Sorgen und die Arbeit zu verdrängen, was dazu führte, dass ich nicht mehr glücklich war aber ich redete mir ein, dass alles nicht so schlimm ist. An den Tagen an denen ich Evi vertreten musste zeigte ich Herr Müller die Sachen die ich vorbereitet hatte. Erst als er mir das Okay gab konnte ich beruhigt nach Hause gehen. Die Situation mit Evi belastete mich und ich suchte nach ca. 3 Wochen das Gespräch mit ihr. So war ich nun mal. In diesem Moment tat sie wieder sehr freundlich zu mir und entschuldigte sich sogar bei mir. Für mich viel so ein grosser Stein von dem Herzen so dass ich in der Nacht wieder gut einschlafen konnte. Nach ein paar Wochen hatte ich das Gefühl, dass zwischen mir und Evi wieder alles gut war und wir sassen sogar wieder am gleichen Tisch. Es dauerte jedoch nicht lange und die Stimmung zwischen uns war wieder sehr angespannt. Herr Müller hatte im Sinn mich zu befördern was natürlich sofort die Runde mache.

Mich freute es auch wenn ich bedenken hatte wegen Evi und diesem Schmerz von dem ich bisher niemandem erzählte. Vor ein paar Tagen nahm ich ihn wieder war. Er schlich sich langsam und stumpf in mein rechtes Handgelenk, wie damals als alles anfing. Ich ignorierte ihn nun seit 4 Tagen und kämpfte gegen ihn an in dem ich in der Nacht meinen rechten Arm in die eklige Schiene von damals steckte. Ich hoffte insgeheim das er von allein wieder weggehen würde. Nicht einmal Kai hatte ich etwas davon erzählt, weil ich Angst hatte, wenn ich über ihn redete, dass ich es so akzeptieren würde. Ich schwor mir den Schmerz nicht zu akzeptieren und ignorierte ihn erfolgreich 20 Tage, bis mir eines Nachmittags eine ganze Schüssel Nudelsalat aus der Hand glitt, weil ich sie nicht mehr halten konnte. In dem Moment als sie mir aus der Hand glitt spürte ich den stechenden warmen Schmerz der wie eine heisse Klinge durch meine Hand fuhr. Ich schrie laut auf, die Teamkollegen kamen zu mir und fragten schockiert was passiert sei. Ich sagte nur kurz und knapp, dass ich mich bloss erschreckt hätte und dass mir dabei die Schüssel aus der Hand geglitten sei. Der Schmerz breitete sich aus wie flüssiges Lava. Er blieb und bereitete mir schlaflose Nächte. Die Schiene half nichts und ich wusste ich muss mich dem Schmerz stellen und es akzeptieren, doch ich war noch nicht soweit. Ich ging trotzdem zum Arzt um dort zu erfahren, dass was ich bereits wusste. Diagnose Sehnenentzündung. Er verschrieb mir Tabletten gegen die Entzündung und schrieb mich 2 Wochen krank. Ich wollte jedoch nicht Zuhause bleiben und ging trotzdem Arbeiten. Kai wusste inzwischen auch Bescheid und unterstütze mich in dem er mir versuchte die Angst zu nehmen und mir

Mut gab, dass es auch wieder weggehen könnte. In meinem Inneren wusste ich jedoch, dass es das gewesen war und dass es nicht mehr weggehen würde. Ich schluckte also jeden Tag diese Tabletten manchmal waren es bis zu 6 Stück. Die Tabletten linderten nur kurz den Schmerz. Der Arzt versicherte mir, dass die Tabletten mir nichts machen würden und dass ich gut bis zu 10 nehmen könne, was ich aber nicht machte, weil sie ja sowieso nicht lange wirkten. Ich trug also bei der Arbeit diese eklige einengende Schiene was dazu führte, dass ich meine linke Hand mehr beanspruchte und dass löste dann eine weitere Sehnenentzündung aus. Ich konnte nun wirklich nicht mehr arbeiten. Meine Mutter war besorgt aber nicht wegen der Hände, sondern wegen meiner Zukunft und der Chance befördert zu werden. In der kurzen Zeit in der ich ausfiel verbrachte ich viel Zeit damit mit meiner Grossmutter die Zeit zu geniessen und mir Gedanken zu machen wie es weitergehen würde. Mein Hausarzt wollte noch weitere Untersuchungen machen wegen meiner Hände, also ging ich zum Ultraschall, ein CT wurde gemacht und am Ende landete ich bei einem Rheumazentrum. Ich fand es gut, dass alles untersucht wurde, weil ich konnte mir beim besten Willen nicht vorstellen wieso diese Schmerzen immer wieder kamen und warum die Medikamente nichts brachen.

Sara Say

Die Ärztin im Rheumazentrum verschrieb mir
einen Tablettencocktail aus verschiedenen
Tabletten die ich nehmen sollte, was ich
schlussendlich auch tat. Ich fragte Sie ob mir
den diese Tabletten nichts machen würden
und sie erwiderte NEIN. Ich vertraute ihr und
nahm Sie. Nach all den Untersuchungen kam
heraus Diagnose Unstabile Handgelenke und
chronische Entzündungen. Ich stand in meiner
hübschen Jeansjacke von Guess in dem
Sprechzimmer von Dr. Berr. Ich konnte es
nicht fassen. «Und was bedeutet, dass jetzt
für mich? Muss ich einen anderen Beruf
ausüben? Kann man das wegmachen?» er
schaute mich mit dem typischen nicht
einfühlsamen Blick an und sagte «Ich würde
Ihnen raten eine alternative zu suchen, nein
da kann man nichts machen ausser
Physiotherapie, ich gebe Ihnen einen Termin
bei einer Physiotherapieleiterin». Ich riss mich
in diesem Moment wieder zusammen und
wollte nur noch raus. Ich lief so schnell ich
konnte, ja ich rannte schon fast aus der
Arztpraxis. Als ich die Tür hinter mir zuzog
gaben meine Beine nach, ich fiel auf die Knie
und schrie alles aus mir raus. Für mich war
mein Leben in diesem Moment zu Ende.

Meine Befürchtungen wurden war. Mir riss es
den Boden unter den Füssen weg und ich
konnte mich nicht mehr beruhigen. Irgendwie

Sara Say

schaffte ich es dann doch mich etwas zu beruhigen und nach Hause zu gehen. Als Kai mich sah wurde er blass im Gesicht und viel mir in die Arme. « Schatz was ist los? Ist etwas Schlimmes herausgekommen? « Nach einem 15 Minuten langen Heulkrampf löste ich mich von ihm und sagte leise «Ich werde nicht mehr auf meinem Beruf arbeiten können» meine Augen brannten schon aber es hörte nicht auf. Die Tränen flossen und ich lag den ganzen Abend nur da mit dem Blick auf die Zimmerdecke gerichtet. Alles drehte sich bis ich dann vor Müdigkeit in den Schlaf fiel.

Am Morgen weckten mich die ersten Sonnenstrahlen. Mein Gesicht brannte und fühlte sich noch trockener an als vorher. Ich öffnete langsam meine Augen und drehte mich zur Seite. Kai war bereits auf der Arbeit, es musste nach 8 Uhr sein. Ich blinzelte, mein Kopf schmerzte, ich musste aufstehen um meinem Arbeitgeber Bescheid zu geben, dass ich jetzt 2 Wochen länger fehlen würde. Als ich mich aufgerafft hatte und mit meinem Kaffee und Zigarette draussen auf dem Balkon sass rief ich Herr Müller an und teilte ihm mit, dass ich noch weiter ausfallen werde. Ich musste die IV Stelle kontaktieren um nach zu fragen wie es nun weitergehen würde, was ich alles machen müsste. Meine Beraterin teilte mir mit, dass ich einen Brief schreiben müsste mit den ganzen Tests von den Ärzten. Ich verbrachte also den ganzen Vormittag damit den Brief zu schreiben, beim Arzt anzurufen um alles zu regeln. Dazwischen lag ich immer wieder auf dem Bett und heulte. In diesen zwei Wochen ging ich jeden 2ten Tag zur Physiotherapie was aber nicht wirklich half. Ich wusste ich musste diese Situation akzeptieren. Kai hatte in dieser Zeit auch sehr viel zu tun, hörte mir aber immer zu, wenn ich bereit war mich ihm zu öffnen. Die zwei Wochen kamen mir vor wie zwei Monate. Die Zeit zog sich wie ein zäher Kaugummi dahin. Weinen, telefonieren und organisieren. Mehr tat ich nicht. Schlafen konnte ich auch nicht.

Nach den zwei Wochen ging ich wieder arbeiten, ich hatte seit einer Woche jeden Tag Übelkeit und Schwindel am Morgen, was mir ehrlich gesagt Panik bereitete. Ich erzählte Kai davon und er musste auch ein paar Mal leer schlucken sagte aber «Du bist sicher nicht schwanger». «Ich hoffe es, dass würde gar nicht passen jetzt» entgegnete ich nur. Die Übelkeit blieb und ich hoffte mit jedem neuen Tag, dass sie weggehen würde. Nach 3 Wochen täglichem Schwindel holte ich mir einen Schwangerschaftstest.

Ich stand also nun in unserem kleinen dunklen Badezimmer und hielt den Schwangerschaftstest in der Hand.

«Na komm schon, es wird schon nichts sein» redete ich auf mich ein um mir Mut zu machen. Ich pinkelte nun auf den Test und ich glaube es waren die längsten 5 Minuten in meinem Leben die ich abwarten musste. Ich getraute mich nicht hinzusehen und wartete bis Kai Zuhause ankam. « Schau du, ich habe mich nicht getraut, oh Gott was machen wir nur wenn da zwei Striche sind?» Kai nahm den Test und setzte sich zu mir auf die Coach. «Wenn es so ist, ist es so, wir werden, dass zusammen schaffen, ich schaue jetzt» erwiderte Kai gelassen. Er drehte den Test um und sagte leise « Schatz, herzlichen Glückwunsch, wir sind nicht schwanger» bei den Worten herzlichen Glückwunsch bekam ich eine Gänsehaut und war erleichtert als er sagte nicht schwanger. Ich lachte laut auf und viel ihm in den Arm. «Zum Glück». Ich hatte schon länger nichts mehr gegessen daher kam sicher die Übelkeit und der Schwindel. Kai machte sich Sorgen und ich machte wieder einmal einen Termin bei dem guten Doktor. Er nahm mir Blut und gab mir ein Mittel gegen den Schwindel und meinte nur, dass es bestimmt in den nächsten paar Tagen weggehen sollte, wenn aber nicht müsse ich noch einmal vorbeikommen. Ich trank wie jeden Morgen meinen Kamillentee auf dem Weg zur Arbeit als ich bemerkte wie mir Schwindlig wurde. Ich stürmte aus der Bahn, warum konnte ich nicht richtig atmen? Mein ganzer Körper sehnte sich in diesem Moment nach frischer Luft. «Ist alles in Ordnung bei Ihnen?» eine zierliche Frau stand neben mir und schaute mich bemitleidend an. «Ja es ist alles gut» entgegnete ich. Mit einem «Gute Besserung» drehte sie sich um und ging. Oh war das peinlich. Ich trank den Tee aus und stieg in die nächste Bahn. Ich fühlte mich als ob ich nicht mehr in mir selbst war, dass sich mein Körper von mir löste und wie eine leere Hülle über mir herflog. Dies versetzte mich in Panik. Bei der Arbeit angekommen war es nicht wirklich besser mir war immer noch schwindlig, ich hatte nicht wirklich das Gefühl fit zu sein.

Ich quälte mich die letzten Wochen jeden Tag zur Arbeit mit dem Wissen den ganzen Tag diese Schmerzen ertragen zu müssen. Es war Freitagmorgen, ich hatte seit zwei Wochen wieder einmal frei.

Ich lag auf unserer Coach und hasste die Situation. Ich versank im Selbstmitleid und wusste nicht wie es weitergehen sollte. Nach einem Monat musste ich zur Kontrolle bei meinem Hausarzt. Nichts war besser geworden. Die Schmerzen, der Schwindel alles war noch gleich. Er gab mir ein anderes Medikament und schrieb mich krank. In der Zwischenzeit hatte ich eine Rückmeldung von der IV bekommen. Ich solle noch zu einem internen Arzt gehen und mich untersuchen lassen bevor wir das weitere Vorgehen besprechen können. So machte ich einen Termin und dort kam das gleiche heraus wie schon bei dem anderen Arzt. Diagnose instabile Handgelenke und Entzündungen. Ich bekam ein Schreiben von der IV, dass sie mich unterstützen würden und dass Sie mich zu einem Gespräch einladen werden. Ich musste 3 Wochen warten bis ich einen Termin bekam. Aufgeregt ging ich am Montagmorgen zu der Adresse. Ich hatte keine Ahnung was auf mich zu kam. Ich wusste nur, dass es kein Zurück mehr gab. Ich würde nicht mehr auf meinem geliebten Beruf arbeiten können. Bei dem Gespräch kam heraus, dass sie mir eine zweite Ausbildung finanzieren würden. Ich musste nun zur Berufswahlberatung gehen. Somit war klar ich musste meine Arbeitsstelle kündigen und mir überlegen, was ich in meiner Zukunft machen könnte. Es war die Hölle. Ich wollte das nicht. Ich konnte mir zu diesem Zeitpunkt nicht vorstellen etwas anderes zu machen. Ich kündigte meine Arbeitsstelle und erzählte meiner Familie davon. Meine Grosseltern waren traurig und versuchten mich aufzumuntern und mit mir eine Lösung zu finden. Mein Vater interessierte sich nicht wirklich dafür und meine Mutter hatte nur Sorge, dass ich ein

Sozialfall werden könnte. So kam es mir zumindest vor.

Kai war mein Fels in der Brandung, er verstand mich und unterstützte mich. Ich ging also zu dieser Beratung und die Frau die mir zugeteilt war, hatte keine Ahnung vom Berufsleben. Sie hatte vorher studiert und dies war ihre erste Arbeitsstelle. Ich musste verschiedene Tests machen. Ich kam mir vor wie eine Laborratte. Ich sah keinen Sinn in diesen Tests, weil ich sowieso nicht studieren konnte. Es kam heraus, dass ich ein sehr sozialer Mensch bin der etwas mit Menschen machen müsste.

Wenn ich in dieser Zeit nicht auf der Beratung war oder das Internet durchstöberte lag ich einfach nur da in meiner Jogginghose und starrte in die Leere. Es gab Tage da kam ich nicht aus dem Bett. Ich wollte nicht mehr, mein Leben war das reinste Chaos. Ich hatte oft das Gefühl nicht mehr normal zu sein. Ich versank in der Dunkelheit, sie verschlang mich und zog mich in die Tiefe hinab. Kai konnte jeden Tag zur Arbeit gehen und ich musste zuhause bleiben und warten. Wenn es um wichtige Entscheidungen geht bin ich sehr ungeduldig, wenn es mich betrifft. Deshalb war es für mich die Hölle einfach zu Hause zu sein und zu warten. Auf was eigentlich? Die Behörden, ein Zeichen von Oben oder auf all die Antworten die ich dringend gebraucht hätte. In meinem Inneren wusste ich, dass es so nicht mehr weitergehen konnte und das ich Hilfe bräuchte. Jedoch war ich noch nicht bereit dazu, ich versuchte mich abzulenken mit Spaziergängen und kreativen Dingen wie z.b malen, schreiben oder die Wohnung umzuräumen. Ich fühlte mich sehr oft einsam und allein gelassen mit all den Dingen so, dass ich auf die Idee kam meine frühere Freundin Julia anzurufen. Julia freute sich über meinen Anruf und wir verabredeten uns für den nächsten Tag. Ich lernte Julia in meiner Kochausbildung kennen. Sie absolvierte dort eine Bäckerlehre. Sie war etwas pummeliger als ich und hatte braune lange Haare die ihr bis zum Po reichten. Sie hatte unglaublich hübsche grüne Augen, was mich sehr faszinierte. Sie war sehr kreativ und fast immer gut gelaunt. Eine richtige quirlige Person. Wir trafen uns am Hauptbahnhof um dann auf der Terrasse vom Bahnhof einen Kaffee zu trinken. Wir sassen da, die Sonne schien uns den ganzen Nachmittag ins Gesicht und wir redeten sehr viel. Ich erzählte ihr von meinen Problemen, es tat gut. Am Anfang war es mir etwas peinlich doch ich merkte, dass ich ihr vertrauen konnte. Julia hatte auch so ihre Probleme und so tauschten wir uns aus und merkten beide, dass wir uns gegenseitig sehr gut taten. Sie war im

Moment Arbeitslos und auch in einem ziemlich miesen Konflikt mit sich selbst. Als wir uns verabschiedeten war ich in diesem Moment glücklich. Dieser Nachmittag hatte mir so viel Energie und Kraft gegeben. Wie lange es wohl anhalten würde? Ab diesem Tag an hatten wir jeden Tag kontakt, meistens über Facetime. Meistens rief sie mich früh am Morgen an und wir telefonierten den ganzen Morgen miteinander. Mit der Zeit wurde Julia eine meiner Felse und ich fühlte mich nicht mehr so ganz allein mit all den Dingen. Es gab immer noch Tage an denen ich keine Lust hatte auf Kontakt zur Aussenwelt. Meistens verkroch ich mich im Bett unter der Decke und weinte oder schlief. Der Schwindel kam nur noch selten. Wenn mich an einem Tag die Dunkelheit verschluckte sorgte ich einfach dafür, dass am Abend bevor Kai nach Hause kam alles aufgeräumt war und ich frisch geduscht war und es so aussah als ob ich den ganzen Tag etwas getan hätte- Ich wollte nicht, dass er mich oft so sah. Ich denke aber Kai wusste es. Ich schämte mich, dass ich es nicht gebacken kriegte am Morgen aufzustehen und etwas zu machen. Ich hatte Angst, dass er mich verlassen würde oder dass er mich nicht mehr attraktiv finden würde, wenn er mich so sieht. Was völliger Schwachsinn ist. Eines Tages war es wieder so, dass ich Morgens erwachte und mich traurig fühlte. Ich lag mit offenen Augen im Bett und starte gerade an die Decke da klingelte plötzlich mein Telefon. «Schatz, wir kommen zu uns um einen Kaffee zu trinken und ein Sandwich zu essen, wir sind gerade in der Nähe». «Kai, ich … ich kann nicht, ihr könnt gerne vorbeikommen aber ich werde nicht aufstehen. Ich kann nicht aufstehen.» «Ja ist schon okay, bleib im Bett, bis später». Ich legte das Handy weg und drehte mich zu der Seite in der Kai immer schlief. Ich drückte meine Nase tief in sein Kissen um seinen Duft einzuatmen und war erleichtert darüber ihm das gesagt zu haben. Ich schlief ein und als ich erwachte war es bereits Nachmittag. «Scheisse» rief ich laut und richtete mich auf. Die Fenster waren wie immer abgedunkelt und ich wusste ich hatte wieder einen Tag verschlafen, einen Tag nichts gemacht nur dagelegen und die Zeit verschlafen. Aber ich konnte einfach nicht aufstehen. Wieso sollte ich auch? Niemand brauchte mich, niemand wollte mich und ich hatte keine Zukunft. Eine Träne nach der anderen lief mir nun schon wieder die Wange hinab und ich schluchzte laut auf. Solche Tage nahmen mein Leben ein und ich fühlte mich wie in einem Nebel gefangen der sich immer dichter und enger um mich wickelte, mir den Atem nahm und mir meine letzte Kraft die Tränen nahm. Wenn ich im Bett lag und mich nicht rühren konnte fühlte es sich so an als ob meine Knochen eine Tonne wiegen würden und sich langsam von mir abtrennen würden. Mein Kopf war so schwer, dass es mir schon schwer fiel in zu heben um etwas zu trinken. Es war ein komisches Gefühl so dazuliegen, es war so als ob die Zeit an einem vorbei gleitet und man in einer Blase gefangen ist. Man will nach Hilfe schreien doch es kommt nichts raus. Es gab auch Wochen da waren es vielleicht nur ein bis zwei Tage an denen es mir so ging. An den restlichen Tagen versuchte ich positiv zu sein und spielte mir vor, dass alles in Ordnung mit mir war. Immer wieder hatte ich Termine bei der Berufsberatung und bei irgendwelchen Behörden was mir unglaublich viel Kraft raubte und fast immer, wenn ich nach Hause kam und die Tür hinter mir zu zog, überrollte mich ein Gefühlschaos gefolgt von einem Heulkrampf und Wut. Die Wut die sich immer ganz langsam anbahnte brach in diesem Moment über mir aus und ich sass meistens hinter der geschlossenen Tür und schrie und weinte um mein Leben. Es fühlte sich an als würde mein Herz in tausend Splitter zerreissen und aus meiner Brust gezogen werden. Die Zeit war hart aber ich versuchte immer wieder aufzustehen und mich zusammen zu reissen. Immer wieder hatte ich Arzttermine wegen meiner Handgelenke und der Arme. Mittlerweile war der Arztbesuch

Routine und ich war Stammgast. Ich hatte keine Kraft mehr und ich wusste das ich dem Elend ein Ende setzen musste. Wenn mich die Dunkelheit einnahm hatte ich das Gefühl keine Luft mehr zu bekommen und fühlte mich betäubt von dem ganzen Schmerz. Mama fragte mich in dieser schlimmen Zeit oft wie es mir geht, doch ich konnte ihr nicht die ganze Wahrheit sagen. Ich schämte mich, ich hatte Angst. Auch vor Kai schämte ich mich. Wenn ich die Kraft hatte, nach draussen zu gehen um eine Runde zu laufen fühlte ich mich unwohl. Alle Menschen wissen das ich versagt habe, alle sehen das ich nicht normal bin. Diese Gedanken begleiteten mich meistens.

Bei meinem Arzt gab es auch Frau Bahan eine Psychotherapeutin. Ich überlegte hin und her und entschied mich bei Ihr anzurufen und einen Termin auszumachen. Am Montag konnte ich zu Ihr gehen.

Es war Sonntag und Kai und ich lagen bei uns auf der Terrasse und genossen gerade die Mittagssonne als es an unserer Tür klingelte. «Wer ist das? Erwartest du jemanden?» fragte ich Kai. «Nein, ich erwarte niemanden» Kai stand auf und ging zur Tür. Es ging etwas länger bis Kai zurück kam mit unserem Gast. «Wir haben Besuch». Ich stand auf und blickte in das Gesicht meines Vaters. «Hei, was willst du hier? « erwiderte ich etwas genervt. «Was ist dein Problem? Weisst du was von Zoey? Hat sie sich gemeldet?» er stand einfach da und bombardierte mich mit diesen Fragen. «Emm nein ich habe nichts von ihr gehört, deswegen bist du hier?». Mein Vater kam extra zu uns um sich dann über Zoey zu unterhalten und sich aufzuspielen wie ein Übervater. Er fragte an diesem Nachmittag kein einziges Mal wie es mir geht. Es interessierte ihn nur was mit Zoey ist. Es kotzte mich so an und das war wieder einmal der Beweis dafür, dass er mich nicht mochte. Kai und ich waren froh als er endlich zur Tür hinaus war. In meinem Herzen spürte ich ein ziehen und ich wusste, dass die alten Gefühle wiederauftauchen würden. Ich fühlte mich ziemlich aufgewühlt und verletzt. Während des Gespräches überkamen mich immer wieder Trauerwellen und ich musste mich anstrengen um nicht in Tränen auszubrechen. Kai wusste was in mir vorging und er schlug vor, dass wir ein Eis essen gehen könnten, was wir dann auch taten. Ich fühlte mich wieder einmal nicht geliebt und im Stich gelassen von meinem Vater. Ich entschied mich für mein Lieblingseis Schokolade und Kai nahm ein Mocca Eis.

Wir spazierten gemeinsam Hand in Hand durch den Wald der an unser Quartier angrenzte, was mich etwas ablenkte von den negativen Gedanken die sich wieder und wieder versuchten in meinen Kopf zu drängen. In dieser dunklen Zeit nahmen wir uns immer wieder die Zeit um Energie zu tanken. Mit Kai zu lachen und über Gott und die Welt zu reden lenkte mich ab und gab mir unglaublich viel Kraft. Es gab Wochenenden an denen wir einfach Zuhause waren und die Zeit zu zweit genossen. Wir unternahmen auch viele Ausflüge an Orte an denen wir noch nie waren. Wenn ich mit ihm zusammen war konnte ich die Realität vergessen und mich von allem lösen.

Der Wecker klingelte viel zu früh am nächsten Morgen, ich war ziemlich nervös. Nach dem Tee und der Zigarette machte ich mich auf den Weg zur Psychologin Frau Bahan. Bevor ich an die Tür klopfte atmete ich tief ein und aus. Eine braun haarige Frau mittleren Alters begrüsste mich freundlich mit einem Lächeln. «Guten Morgen, kommen Sie doch herein». Ich betrat den Raum und erblickte 2 Sessel mit Kissen, ein Regal mit einer Pflanze und ein paar Büchern. Am Ende des Raumes hatte man einen Ausblick direkt auf die Bäume und die Wiese draussen. Es war ziemlich gemütlich, dass hatte ich nicht erwartet. Ich setzte mich und knetete nervös meine Hände im Schoss. «Ich stelle mich kurz vor und dann können Sie mir erzählen wieso Sie hier sind» sagte Sie. «Ich bin Rania Bahan, bin Psychologin bin 43 Jahre alt, habe eine Tochter und wohne hier in der Nähe. Ich mache den Beruf schon 20 Jahre und habe eine eigene Praxis in Solothurn. Ich bin immer am Montag hier, Sie müssen nie Angst haben etwas Falsches zu sagen, Sie können offen mit mir sprechen und Sie können mir auch sagen, wenn Ihnen etwas nicht gefällt». Sie blickte mich mit einem liebevollen Blick an und meine Nervosität verflog etwas. «Okay ich bin Kimberly, bin 20 Jahre alt, habe eine kleine Schwester Zoey, meine Mutter und mein Vater sind getrennt, ich lebe seit 2 Jahren mit meinem Partner Kai zusammen» und so erzählte ich ihr die wichtigsten Punkte, damit Sie etwas Bescheid wusste. «Gut Kimberly, wieso bist du heute hier? Was hat dich dazu gebracht?». Ich schluckte den Kloss der sich bereits wieder in meinem Rachen sammelte hinunter und überwand mich Ihr die Geschichte von meinem Beruf zu erzählen. Natürlich konnte ich nicht anders als anzufangen zu weinen, wie jedes Mal. Ich schämte mich und es war sehr komisch vor einer Person zu weinen die ich nicht kannte. Frau Bahan sass auf Ihrem Stuhl, schaute mich an und reichte mir ein Taschentuch. Die erste Sitzung war sehr speziell und ich fühlte mich nach dieser Stunde total erschöpft. In der ersten Stunde sind wir nicht wirklich weit

Sara Say

gekommen. Ich erzählte ihr meine Geschichte und Sie fragte nach, wenn Sie noch weitere Details wissen musste. Ich ging also heim und legte mich wieder einmal auf das Bett und versuchte, dass erlebte zu verarbeiten. Diese Woche hiess es wieder schnuppern gehen also einen Tag lang in einer Firma den Beruf anschauen um zu schauen ob dieser etwas für mich wäre. Diesmal war es Kauffrau in einem Büro. Ich freute mich darauf denn es war eine tolle Firma. Insgeheim hoffte ich, dass ich dort vielleicht die Ausbildung absolvieren könnte. Als der besagte Tag kam war ich gar nicht nervös oder aufgeregt. Ich stand vor dem Eingang des Büros und wusste bereits, dass es das nicht werden würde, riss mich aber zusammen und so verbrachte ich den Tag im Büro. Ich hatte recht, dieser Beruf war nicht meins, den ganzen Tag nur vor dem Computer, Kopierer oder Telefon, nein danke. Die Woche ging relativ schnell um und ich freute mich auf den Montag obwohl wir noch gar nicht viel geredet hatten. Dieses Mal musste ich mich und meine Familie in Figuren aufstellen so wie die Beziehung im Moment ist. Diese Aufgabe war leicht ich war ganz aussen am Rand und mit einem grossen Abstand kamen dann Vater, Mutter und Zoey. «Was fühlst du dabei, wenn du die Figuren so betrachtest?» fragte mich Frau Bahan. «Ich weiss nicht « erwiderte ich zögerlich. Frau

Bahan legte die Hand auf meinen Arm und sagte « Ich weiss nicht, gibt's nicht, du hast eine Meinung und die darfst du auch sagen» «Okay es ist nur sehr schwierig für mich, meine Meinung zu sagen» ich blickte die Figuren an, es brodelte in mir. «Lass dir Zeit, schliesse die Augen und sage was du fühlst» «Na gut» ich schloss die Augen und ich versuchte das Brodeln in meinem Inneren zu deuten.

«Ich…. fühle mich traurig, einsam und ausgeschlossen». Schockiert über, dass was ich gerade gesagt hatte öffnete ich die Augen und schaute Frau Bahan direkt in die Augen. Sie machte sich wie immer Notizen und fragte mich nach einer kurzen Pause « Warum fühlen Sie sich traurig, einsam, probieren Sie es zu erklären» ich schloss die Augen und erzählte Ihr wieso. «Alle Informationen über Zoey und Mama bekomme ich von meiner Grossmutter. Zoey steht meistens immer im Mittelpunkt, niemand mag mich. Vater kommt nur zu mir, wenn er Informationen über Zoey möchte oder sich über irgendwelche Dinge beschweren will.»

Als die 60 Minuten durch waren fühlte ich mich aufgewühlt aber auch etwas erleichtert. Meine Wochen waren zu dieser Zeit fast gleich strukturiert.

Montag – Psychologin

Dienstag – Berufswahl oder Schnuppern

Mittwoch – für Kai und seine Arbeitskollegen kochen

Donnerstag – Grosseltern besuchen

Freitag – Wohnung putzen

Samstag und Sonntag – mit Kai geniessen

Die Zeit verflog und ich hatte schlimme Down Phasen. Wenn ich eine Down Phase hatte wollte mir Frau Bahan ein Antidepressivum verabreichen. Dies wollte ich nicht, ich sagte Ihr ich will es alleine schaffen ohne Medikamente. Wenn ich eine Down Phase hatte lag ich den ganzen Tag oder Tage im Bett meistens konnte ich mich nicht mehr bewegen. Meine Gedanken waren entweder leer oder ich war tieftraurig und wünschte mir nicht mehr hier zu sein. Ich könnte mir aber nie etwas antun, dies musste ich Frau Bahan versichern. Ich wusste auch dass ich so etwas nie machen würde. Ich hatte das Gefühl bestraft zu werden, dass ich mein ganzes Leben bis jetzt bestraft werde, weil ich es doch überlebt hatte. Ich wurde nämlich zwei und ein halber Monat zu früh geboren. Ich redete mir ein, dass ich selber schuld bin, dass ich nicht geliebt werde von meinen Eltern. Die Worte von meinem Vater kreissten immer wieder in meinem Kopf und machten es schier unmöglich dagegen anzukämpfen.

Ich hatte einfach keine Kraft mehr mich zu verstellen oder zusammen zu reissen. Jeden Sonntagabend freute ich mich auf den Montagmorgen. Es tat mir sehr gut auch wenn alte Gefühle hochkamen und ich danach meistens sehr kaputt war ging es mir nach den Gesprächen besser. Es pendelte sich so ein, dass ich nach jeder Sitzung noch spazieren ging um alles besser verarbeiten zu können. Mein Kopf fühlte sich nach einer Sitzung immer an, als würden tausend Ameisen quer durch mein Gehirn laufen und mein Herz schmerzte. Die frische Luft tat mir gut und ich fühlte mich nach den Spaziergängen immer etwas freier.

 Zu dieser Zeit war es Oktober und die Blätter auf den Bäumen waren schon verfärbt. Ich wusste endlich nach vielen Gesprächen was meine berufliche Zukunft sein würde. Ich musste nur noch eine Zwischenlösung für Februar bis Ende Juli finden. Nach viel zu vielen Bewerbungen hatte ich mir eine Lehrstelle im Detailhandel sichern können. Ich war sehr glücklich und auch erleichtert endlich etwas zu haben, was ich mir auch vorstellen konnte, dass ganze Leben zu machen. Ich hatte viele mühsame Gespräche mit der IV hinter mir und viele Arztsitzungen. In diesem Monat hatte ich im Vergleich zu den vorgängigen Monaten sehr wenige Down Phasen was mich glücklich machte. Mit Frau Bahan hatte ich das schwierigste überstanden und einiges aufgearbeitet. Mir fiel es viel leichter über meine Gefühle zu sprechen und ich fühlte mich seit ein paar Wochen viel leichter und wieder in mir selbst. In den Monaten zuvor hatten mich viele Heulattacken, Down Phasen und Selbstmitleidstage heimgesucht. Ich fühlte mich seitdem mir der Arzt gesagt hatte bis vor ein paar Tagen wie eine leere Hülle ohne Inhalt. Komplett ausgelaugt, hatte keinen Boden unter den Füssen. Wenn ich mich so fühlte liess ich es zu und fühlte mich danach dadurch besser. Ich probierte an jedem Tag etwas Positives zu sehen, wie ein kleines Licht, dass erscheint und im dunklen leuchtet. Dies half mir mich auf das positive zu fokussieren. Auch die viele Zeit mit meinen Grosseltern half mir sehr. Es war mein sicherer Hafen. Auch meine Grosseltern freuten sich jedes Mal, wenn ich vorbeikam. Meine Grossmutter und ich spazierten viel im Wald und über die Wiesen. Es tat gut. Bei einer Sitzung mit Frau Bahan musste ich mich in einen Kreis setzten, ein Seil war um mich. Ich musste es so festziehen wie ich mich eingespannt fühlte in meiner Familie. Es war sehr fest, denn es kamen immer alle zu mir um sich bei mir über andere zu beschweren oder mich um Rat fragten. Die berühmte Frage kam « Und wie fühlst du dich? Öffne das Seil soweit wie du dich wohlfühlst». Gesagt getan. Als ich die Augen öffnete war das Seil einen halben Meter entfernt. «So ist es viel besser» entgegnete ich. Frau Bahan lächelte « Das ist dein persönlicher Raum, hier darf niemand eindringen ausser du willst das, jeder Mensch braucht diesen Raum um sich auch mal zu entspannen». Viele solche Übungen machten wir und sie halfen. Frau Bahan zeigte mir wie ich meine Innere Mitte finden konnte und wie ich mich selber beruhigen kann. Wie ich mich von allem distanzieren kann aber mich auch so akzeptieren kann wie ich bin. Sie half mir alles Alte aufzuarbeiten und gab mir Selbstbewusstsein. Bei Ihr fühlte ich mich willkommen und verstanden. Mit Kai konnte ich zwar auch reden aber es war anders. Mit der Zeit war es auch nicht mehr komisch mit ihr zu reden oder zu weinen. Die dunklen Tage wurden viel seltener, mein Leben wurde von Tag zu Tag mehr mit Licht versorgt und ich hatte das Gefühl wieder in der Richtigen Spur meines Weges zu sein.

Sara Say

Das Leben ist wie ein Feuerwerk, man weiss nie wann es losgeht, wann es endet und wie lange es geht. Es kann zu jeder Zeit explodieren und dich zu Tränen rühren. Es kann voller Überraschungen stecken, die sich weit in deinem Gedächtnis verstecken. Es ist laut und voller Farben durch, dass erleuchten der Lichter sieht man allerdings die Narben. So laut und kraftvoll es auch sein mag, wenn wir die Augen schliessen und den Moment geniessen werden wir es immer in uns tragen und unser Gedächtnis wird es nicht wagen dies auszulöschen. Auch in dunklen Tagen wird uns ein Lichtlein, ein Feuerwerk tragen und uns in dunklen Zeiten begleiten

Sara Say

Neustart..?

Ende November bekam ich eine weitere
positive Nachricht, ich hatte einen
Praktikumsplatz bekommen für das halbe Jahr
bis zu meiner Ausbildung. Kai, seine Familie
und meine Familie freuten sich mit mir. Endlich
hatte ich alles wieder im Griff, es wird alles
wieder gut, dachte ich mir. So konnte nun
Weihnachten kommen und ich konnte
beruhigt in das neue Jahr starten. Frau Bahan
schlug mir vor das Gespräch mit meinem
Vater zu suchen um über alles zu sprechen.
Ich war mir noch nicht sicher ob dies wirklich
eine gute Idee war und liess die Zeit einfach
laufen. Ab und an hatte ich noch Tage an
denen ich sehr aufgewühlt war aber ich hatte
das Schlimmste überwunden. In diesen
Monaten war ich gewachsen und wurde
stärker. Ich habe gelernt, dass es wichtig ist
auf sein Inneres zu hören und auch frühzeitig
zu reagieren. Ich sah wieder einen Sinn in
meinem Leben, ich hatte wieder eine Zukunft.
Zwei Tage bevor das alte Jahr zu Ende ging,
machte ich mir einen Termin beim Friseur
schliesslich sollte alles stimmen für den
Neuanfang. Ich entschied mich meine
kaputten Spitzen abzuschneiden und mein
nicht mehr vorhandenes blond aufzufrischen.
Nach 3 Stunden war ich fertig. Ich lächelte

zufrieden in den Spiegel und ging mit aufrechtem Gang nach draussen.

Drei, zwei eins ... Happy New Year

Kai und ich standen auf dem Mont Vully, Arm in Arm und küssten uns. Genauso hatte ich mir das vorgestellt. Die Aussicht war gigantisch. Der Murten See unter uns und ein riesen Feuerwerk direkt vor unserer Nase. «Ich liebe dich und bin so stolz auf dich « flüsterte mir Kai ins Ohr. «Ich liebe dich auch» unsere Lippen trafen sanft auf einander und wir küssten uns. «Auf ein gutes, besseres Jahr» schrie Kai laut in die Finsternis. «Ja goodbye 2015» schrie auch ich in die Ferne, zog Kai zu mir und küsste ihn auf die Wange. «Danke mein Held, mein Fels, dass du mich in dieser schweren Zeit unterstützt und an mich geglaubt hast» ich schaute zu ihm hinauf und sah wie er Tränen bekam. «Was ist?» flüsterte ich erschrocken. «Ich bin nur sehr stolz auf dich, ich liebe dich». Besser konnten wir nun wirklich nicht in das neue Jahr starten. Ich hatte noch einen Monat Zeit bis ich mein Praktikum anfing. Eine Sache gab es aber noch zu klären. Ich wählte mit zitternden Händen Vaters Nummer und rief ihn an. «Hei, wie geht's? Kannst du vorbeikommen, wir müssen reden» meine Stimme zitterte. «Klar komme ich vorbei, ich muss dich sowieso etwas fragen. Machen wir morgen bei dir um 18.00 Uhr?» entgegnete er.

«Ja ist gut».

Mir war schon leicht übel als er bei uns auf der Terrasse Platz nahm. «Hör zu Kimberly, ich weiss wir haben kein gutes Verhältnis aber ich will das ändern, ich will mich ändern». Da war sie wieder die Hoffnung die er mir ständig machte und mich dann wieder verletzte. «Zoey wird dieses Jahr konfirmiert und sie hat mich eingeladen, ich will dabei sein, will aber deine Meinung wissen, weil ich bei deiner nicht dabei war». War das sein ernst??? Das war ein Witz oder nicht? Der stechende Schmerz im Herzen machte sich bemerkbar, ich kochte vor Wut, am liebsten hätte ich ihm eine gescheuert. Ich dachte an Zoey und wusste, dass es ihr ebenfalls das Herz zerreissen würde, wenn er nicht kommen würde und so entgegnete ich mit einer leicht kratzigen Stimme «Hör zu, komm einfach lass sie nicht im Stich so wie mich». Für Ihn war somit das Thema gegessen und mein Plan mich mit ihm zu versöhnen war auch dahin. Ich erzählte ihm stattdessen wie es bei mir weitergehen würde. Im Gespräch durfte ich mir sagen lassen, dass ich doch einfach hätte durchhalten müssen im Restaurant, dass ich schuld sei, dass wir ein schlechtes Verhältnis hätten und vieles mehr. Er gab mir die Schuld an der Trennung von ihm und Mama. Seiner Meinung nach war ich auch schuld an der ganzen Situation. Er machte es immer so, er liess mich nicht zu Wort kommen und am Ende ging er und hinterliess reinstes Chaos zurück. Inzwischen war ich soweit, dass ich damit einigermassen umzugehen wusste. Trotzdem tat es höllisch weh. An diesem Abend schwor ich mir ihm keine Chance mehr zu geben und ihn nicht mehr in mein Leben zu lassen, jedenfalls nicht mehr in der nächsten Zeit.

Das Praktikum war sehr spannend und ich fühlte mich willkommen im Team. Der Start in das neue berufliche Leben war somit geglückt. Wir waren ein kleines Team, alles Frauen ab Mitte 20 bis 50zig. Das Verkaufen machte mir unglaublich viel Spass und so verging die Zeit wie im Flug.

Es wurde Frühling und schon bald war der Tag gekommen an dem Zoey konfirmiert wurde. Kai sah so heiss aus in seinem dunkelblauen Jackett und dem weissen Hemd. Ich hatte mich für eine hellblaue Bluse entschieden mit einem ebenfalls dunkelblauen Blazer. Hand in Hand warteten wir vor der Kirche auf meine Mutter, Grosseltern, Freunde und Verwandte und meinen Vater. Mein Herz schmerzte als ich ihn erblickte in dem Anzug mit zurück gegellten Haaren. Was für ein

Anblick. Den ganzen Tag hielt ich Kais Hand um nicht umzukippen. Für Zoey war es gut, dass unser Vater tatsächlich vorbei kam für mich pures Gefühlschaos.

Zoey sah ebenfalls sehr hübsch aus nur etwas dünn aber ich liess mir nichts anmerken denn es war ihr Tag. Mein Vater suchte ab und zu das Gespräch mit uns und wir unterhielten uns immer nur sehr kurz. Ich versuchte ihn zu ignorieren und mich auf meine Schwester zu konzentrieren. Der Tag verging schnell und ich war froh als er vorbei war.

In dieser Nacht beschäftigte mich das Ganze sehr jedoch war am nächsten Tag die Welt wieder einigermassen in Ordnung. Ich strich es einfach aus dem Kopf. Das Praktikum war super ich freute mich neues zu lernen und Erfahrungen zu sammeln. Es gab immer wieder Tage an welchen ich traurig war und die Gefühle von damals hochkamen aber durch die Techniken von Frau Bahan, konnte ich sie gut kontrollieren und akzeptieren. Das ist ein sehr schwieriger aber notwendiger Prozess. Ich musste lernen die Gefühle zu akzeptieren und sie nicht als nichts herunter zu schlucken.

Zukunft...

Im August war der grosse Tag gekommen. Ich startete meine neue berufliche Zukunft. Das Team war toll und die Arbeit war voll mein Ding. Die Schule war etwas stressig aber auch nur bis ich mich eingewöhnt hatte. Das Verhältnis zwischen Mama und mir wurde besser. Das erste Jahr verflog so schnell und ich plante mit Kai bereits die Sommerferien. Wir waren schon so lange nicht mehr weg. Von meinem Vater hatte ich nicht mehr viel gehört, worüber ich sehr froh war. Für Kai und mich ging es ab nach Schweden. Somit konnte ich, einen Punkt auf meiner Bucketlist abstreichen. Seine Eltern kamen auch mit was mich sehr freute. Ich war sehr nervös vor dem Flug, was mir noch nie Mühe gemacht hatte. Der Flug dauerte 2 Stunden und ich war froh als wir endlich ankamen. Zum Hotel hatten wir eine Stunde, weil der Flughafen etwas abseits war.

Wir verbrachten 5 Tage in Stockholm. Es war traumhaft, diese Stadt hatte es mir angetan und ich fühlte mich trotz vielen Unternehmungen so verbunden mit dem Land und entspannt. Von unserem Hotel konnte man direkt auf eine Brücke schauen wo die Sonne unterging. Traumhaft. Kai und ich sassen jeden Abend auf der oberen Terrasse und schauten uns den Sonnenuntergang an. An einem Abend stand ich da am Geländer den Blick auf die Brücke gerichtet, die umgeben war mit Meer und Sonnenschein und ich wusste ich war angekommen. Ein Gefühl von Wärme breitete sich in mir aus und ich schrie vor lauter Glückseligkeit auf. Kai kam zu mir, schlang seine Arme um meinen Oberkörper. Gänsehaut überkam mich, eine Träne löste sich. Ich war so glücklich und mittig mit mir selbst wie schon lange nicht mehr. «Ich bin glücklich, es ist so wunderschön hier» Kai grinste und schaute auf mich hinab. «Auf uns und unsere Zukunft» ich zog aus meiner Tasche eine Dose Cola, öffnete sie und reichte sie Kai. Er nahm einen grossen Schluck und reichte sie mir zurück. Ich nahm ebenfalls einen Schluck Cola und richtete meinen Blick wieder auf die Brücke die gerade umhüllt von der Abendsonne war.

Ich war wieder ich selbst.

Ende

Dinge die mich motiviert haben, wenn ich
nicht mehr weiterwusste und mir Kraft gaben:

1. Etwas positiv sehen, auch wenn es
   nur ein Lied im Radio ist oder die
   Sonnenstrahlen die durch die Bäume
   scheinen
2. Glaub an dich, du wirst es schaffen
3. Geh raus und setzt dich an einen
   Platz den du magst
4. Zeichne, bastle oder schreibe deine
   Gedanken auf
5. Vertraue dich jemandem an
6. Versuche jeden Tag etwas zu
   machen auch wenn du sehr traurig
   bist
7. Sei dankbar für das was du hast

Ja genau du! Du hast das Buch gerade gelesen. Ich schenke dir hiermit viel Licht in deinem Leben. Glaube an dich und an das Gute, lass dich von deiner Vergangenheit nicht herunterziehen, dass Leben ist sowieso unberechenbar.

Deine Kimberly

Sara Say

Danke an mein Freund Kai der immer für mich da war und ist. Du bist das Beste was mir passieren konnte, ich liebe dich.

Danke an meine Grosseltern die immer ein offenes Ohr für mich haben und für mich da sind. Ihr habt mir viel beigebracht und mir viel Liebe gegeben.

Danke an Frau Bahan, dass sie mich in der schweren Zeit unterstützt hat.

Danke an die Familie von Kai die mich immer mit offenen und liebevollen Armen empfängt.

Danke an alle die mich unterstützt haben.

Sara Say